女生徒

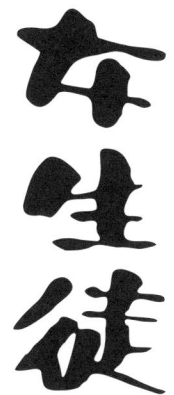

Dazai Osamu

太宰治
——著

郭晓丽
——译

浙江文艺出版社

在独白中获得自由的女子
——《女生徒》导读

太宰治（1909—1948），本名津岛修治，出身于青森县的一个地主家庭。父源右卫门为当地乡绅名流，后当选众议院议员；太宰在其十一名子女中排行第十。由于母亲体弱多病，自幼由姨母及家中女佣抚养照料。

少年时期的太宰成绩优异，自中学时代起接触文学并尝试创作。进入东京帝国大学后，生活日渐糜烂，思想颇有起伏，甚至数次尝试自杀，但最终于26岁时（1935）发表处女作《逆行》且入围第一届芥川奖终选，成功步入文坛。

太宰的作家生涯早期并不顺遂，连续三次与芥川奖失之交臂，私生活亦充满波折，直至30岁时，经恩师井伏鳟二做媒，与一大家闺秀成婚，方才进入稳定期，创作出一系列优秀作品。

战争期间亦笔耕不辍，战后与坂口安吾、织田作之助等人并称"无赖派"，随着代表作《斜阳》的出版，一跃成为文坛新宠。1948年，在《人间失格》创作完成后，与情妇投水自杀，其原因至今扑朔成谜，终年39岁。

本书共收录太宰短篇小说十四篇，创作年代跨度较大，从立足文坛的1937年到自杀身亡的1948年，基本覆盖太宰的整个文学生涯。

十四篇小说有一个共同的特点，在文学研究的语境中被称作"女性自白体"或"拟女性书写"，通俗来讲即是太宰以女性口吻进行第一人称叙述的作品。十四位女主人公（叙述者）身份地位各异，其中一位甚至并非人类，一以贯之之处在于年龄：或是妙龄女郎的自述，或是年已迟暮而在记忆中对青春的回顾。

《灯笼》（1937）最初发表于《若草》。24岁的大龄未婚女性与父母同住，因爱上一名比自己年轻的青年而做了蠢事。

《女生徒》（1939）最初发表于《文学界》。主人公是一名丧父的女中学生，与母亲相依为命。《女生徒》是全书十四篇小说中篇幅最长，同时也最负盛名的作品，1940年获第四届北村透谷奖副奖，进一步奠定了尚属新人的太宰在文坛的地位。作品发表三个月后，砂子屋书房出版题为《女生徒》的单行本，收录《女生徒》及另外六篇短篇小说。

《叶樱与魔笛》（1939）最初发表于《若草》。小说从一位55岁老妇人的回忆切入，讲述35年前主人公与病重不治的妹妹之间的一段往事。

《皮肤与心》（1939）最初发表于《文学界》。讲述了一个28岁的少妇，某日偶因皮肤长出异物而陷入心理崩溃。

《无人知晓》（1940）最初发表于《若草》。主人公是41岁的中年女性，小说以其回忆自己23岁那年淡淡的友情与恋情为线索。

《蝈蝈儿》（1940）最初发表于《新潮》。小说中的独白令人难忘，女主人公嫁给一位画家，却因世俗对丈夫内心世界的污染，而对丈夫大失所望。

《千代女》（1941）最初发表于《改造》。主人公是一名文学少女。小说通过充满焦虑的自述，展现出主人公12岁与18岁时不同的心境。

《耻》（1942）最初发表于《妇人画报》。小说以一名23岁女性热心读者为主角，通过书信体的形式讲述主人公与所崇拜的小说家会面的故事。

《十二月八日》（1942）最初发表于《妇人画报》。为日记体小说，记录了年龄不详的小说家之妻在1941年12月8日（美国对日本宣战之日）那天的所思所想。

以上九篇作品曾以《女性》为标题结集为单行本，1942年由博文馆出版。

《等》，最早见于单行本《女性》，初发刊物不详，疑为趁《女性》出版之际特地创作的单篇作品。一名20岁的女青年每天都在某座车站等待，却不知道她所等待的究竟是什么。

《雪夜的故事》（1944）最初发表于《少女之友》。小说讲述一名20岁上下的女子，与身为小说家的兄长及嫂嫂同住时发生的故事。

《货币》（1946）最初发表于《妇人朝日》。主人公是一张100日元纸币，作品开头便明言"在某外国语言中……'货币'一词被定为女性名词"。

《阿三》（1947）最初发表于《改造》。年龄不详的女主人公育有三名子女；丈夫是个自称记者的男子，最终选择与情妇投湖殉情。

《飨客夫人》（1948）最初发表于《光》。故事背景是战后的一户有钱人家；作品从一名女佣的视角出发，刻画了一个酷爱待客的女主人形象。

太宰作品在叙事角度方面往往很下功夫，如此一位作家选择大量创作女性独白体小说，其原因自然就成为众人关注的焦点。研究者多从两个方面入手看待这一现象：

其一，女性独白体的初次尝试《灯笼》创作于1937年，是年太宰家庭生活颇为坎坷：妻子初代（两人属未登记之事实婚姻）与他人通奸，此事导致两人分手，太宰自杀未遂；三姐津岛爱去世；长兄津岛文治涉嫌违反选举法。家人的不幸促使太宰对"家庭"这一形态、进而对守护家庭的"女性"展开反思，而"长于妇人之手"的幼年环境更赋予太宰对女性心理敏锐的感知力。事实上，上述十四篇作品之中，绝大多数的女主人公都处在家庭的纠葛之中。

其二，卢沟桥事变后，日本逐渐进入战时体制，军国主义思想撕去伪装，堂而皇之地高踞庙堂。一个军国主义大行其道的社会,封建思想、男权思想无疑会如影随形地重新抬头。以传统的男性视角书写"家庭",在如此一种大环境下很难摆脱旧制度的影子。与其冒险地向既存秩序发起挑战,不如退一步,从原本便职在守护家庭的"女性"视角出发,便于获得更加灵活的表现空间,达到一种"以柔克刚"的效果。

当然,我们也不能忽视现实因素。《女生徒》问世后,风评颇高,太宰在1941年写道,1939年出版的《女生徒》单行本"经过两年,终告售罄,今年初夏又增印一千册","与一个月便售出十万册的畅销小说相比,自是寒酸了些,但平均一日卖上一册,亦算得上好事一桩"。而在1942年单行本《女性》的后记中,太宰更是明言:

> 自昭和十二年(1937)以来,作者偶尔尝试创作以女性独白为形式的小说,至今已发表十篇左右。回头读来,实有青涩之处,算不得高明,惟有羞愧而已。不过,倒是听说此类小说广受读者喜爱,此次便惟取女性独白形式之小说,结为一册出版。

对于在文坛立足不久的太宰而言,小说广受读者喜爱,自然是好事一桩。

在十四篇作品之中，值得特别一提的自然是书名同题小说《女生徒》。该作以中学生少女的独白口吻，讲述其从早晨起床到晚上就寝一日之内的所作所为、所思所想，全文缺乏情节脉络，没有中心思想，却以极端细腻的笔触描绘出青春期少女略为叛逆而厌世的心理，令人拍案叫绝。川端康成之前曾因芥川奖评选问题与太宰略有摩擦，读到《女生徒》后，亦称赞道：

> 作者在《女生徒》中恰到好处地使用所谓"意识流"一派的手法，不仅刻画心理，更有抒情色彩，仿佛含有音乐效果一般，亦从一个侧面表现出达达主义（Dadaism）式的太宰主义（Dazaism）。

川端此处"意识流"的评价大体是中肯的。如果要打个比方，就像是今时今日的一名女学生，生活中随手写下一条条直抒胸臆的微博，而作者轻挥妙笔，将它们点缀成篇。

实际上，《女生徒》的创作的确存在素材来源——一位名叫有明淑的 19 岁女读者寄给太宰的日记。后来成为畅销书的《斜阳》，也是太宰基于女读者太田静子（后成为其情人）的日记而作。作者对于素材的驾驭能力可见一斑。

前人戏称，中国戏曲是男人扮女人，女人眼中是"男人扮"，男人眼中是"扮女人"，各取所需。而在太宰的小说里，似乎并非是"男人写"、"写女人"那样单纯。比如说，那男人笔下的女人，眼中所见的男人又是怎样的呢？《千代女》中的交友不慎的舅舅，《耻》中那个声称"小说从没有原型"的作家，乃至《阿三》中与情妇投水殉情的丈夫。如果说前中期的女性独白小说是出于战时风气或经济因素考量，那么等到战争结束，太宰功成名就，为何还要继续如此，甚至连《斜阳》也采用女性独白？是否在接近崩溃的边缘，只有通过女性独白才能重构自我？而当这一新的自我遭到解构时，作者本人也就只能与世界诀别？

太宰并不是那种能够将自我与作品割裂开来的作家，小说中往往或深或浅、或真或假地藏着一个"我"。大半个世纪过去，今天我们翻开这本《女生徒》，或许并不是每个读者都能从中读到自己想要的内容。太宰没有拿着小说去宣扬某种主义，也不会出于男性作家的身份而避嫌式地向社会思潮献媚。我想，若作品的思想性达不到新时代的高度，尽可以去抨击也无妨，至于那个女生徒（女学生），她只会笑着说：

在美之中，岂有内容的容身之处？

（何中夏）

目录

灯笼 / 001

女生徒 / 011

叶樱与魔笛 / 063

皮肤与心 / 074

无人知晓 / 100

蟋蟀 / 112

千代女 / 130

耻 / 149

等 / 162

十二月八日 / 166

雪夜的故事 / 180

货币 / 188

阿三 / 198

招待夫人 / 219

附录：太宰治年谱 / 231

灯笼

我说得越多，人们就越不肯相信我。这个人也是，那个人也是，遇到的每一个人都在防着我。可我会想他们，想见他们，于是就去登门拜访。就连那种时候，他们也会用"你来干什么"这类质疑的眼神迎接我。这感觉真让人受不了。

我再也不想去任何地方了。哪怕是去近在咫尺的那家澡堂，也一定会挑傍晚的时候再去。我不想被任何人撞见。即使如此，在这炎炎夏日，总还是觉得我的浴衣①白晃晃地浮

---

① 浴衣，此处指日本人在夏季时穿的一种轻薄的和服。

动在夜色中，实在是太惹眼。为这，我真难过得要死，不知如何是好。昨天、今天一下子凉快起来，马上就到该穿哔叽夹衣的时候了，所以我打算尽早换上黑色的单衣。就以这副装扮熬过秋天，送走冬天，再过完春天，待夏天重又来临，如果到那个时候我还是只能穿着白色浴衣走在路上，那也就太过分了。在明年夏天结束之前，我要改变自己的状态，我要无所畏惧地穿着这件牵牛花图案的浴衣出门，我要化着淡妆到庙会拥挤的人群中走走看。一想到那份喜悦，从此刻起我就已心潮澎湃。

我偷东西了。那件事情明白无误。我并不认为自己做的是什么好事。但是，——算了，容我从头说起吧。我这是在向神诉说，我不仰仗他人，至于那些愿意信我话的人嘛，只管相信就好。

我出身贫穷，家里是开木屐店的，而且我还是独生女。傍晚时我正坐在厨房里切葱，忽然从后面空地那里传来一声"姐姐"，是孩子带着哭腔呼喊的声音，听来很是可怜，惹得我停住手沉思起来。要是也有弟弟或是妹妹像这样追着哭喊着找我，说不定我也不会落到这般寂寞孤苦的田地。情不自禁想到这里，本就已饱受葱味儿刺激的眼睛里涌出了热泪，我用手背擦拭，结果越发被葱的气味儿辣到，眼泪源源不断地流出来,实在不知道该怎么办才好。

"那个娇生惯养的女孩儿终于开始勾搭男人了。"这种风言风语最先是从盘发店老板口中传出来的。那会儿正值樱花飘落之后绿叶新绽之时,庙会夜市里摆上了瞿麦花和菖蒲花,可是那段时间我过得真是快乐啊。天一黑,水野君就会来接我。而我呢,在日落之前就已经整齐地换好和服,化好妆,在家门口那里无数次地出去又进来。附近的人们看到我那副样子,都在背后指指点点且窃窃私语着嘲笑:"瞧,木屐店他们家的咲子开始勾搭男人喽。"时过境迁之后这些也都传到了我的耳朵里,父亲和母亲估计也隐隐约约觉察到了吧。即便如此,他们却什么都说不出口。

我今年已二十四岁,但却既没有出嫁,也没能招来上门女婿。之所以会这样,家里穷固然是一个原因,更重要的是我母亲原本是这镇上一个有权有势的地主大人的小妾,她这种身份却与我父亲谈到了一起,辜负地主大人的恩情跑到我父亲家里来,之后不久就生下了我。还有人说我的眉眼五官长得既不像地主大人,也不像我父亲,于是我更加不受人待见,好像有一段时间惨遭冷遇,几乎没脸见人。这种家庭出身的女孩儿,找不着对象也是理所应当的吧。本来呢,就我这副相貌,即便是生在有钱的公卿华族之家,估计也是很难摆脱找不着对象的命运。尽管如此，我却并不恨我父亲，也不恨我母亲。我是父亲的亲生女儿。不管别人会怎样讲，我都对此深信不疑。父亲和母亲都待我非常好，我也一直对父母多加照顾。父母都是懦弱之人，哪怕是对我这个亲生女儿，也还是有所顾虑。我认为，大家都应温和地照顾懦弱胆怯的人。此前我总以为，为了父母，不管何等痛苦孤寂的事情我都要甘愿去忍受。可是，和水野君相熟之后，我在尽孝方面确实有些懈怠了。

　　说起来都觉得不好意思。水野君小我五岁之多，是商科学校的一名学生。但还请原谅。除此之外，我别无选择。今年春天，我的左眼出了问题，去附近的眼科看病时，在那家医院的候诊室里结识了水野君。我是那种仅凭第一眼就会喜欢上对方的女子。他和我一样，左眼上戴着白色眼罩，看起来不太高兴，皱着眉头正一页页地翻检着一本小词典在查东西，那样子看着实在可怜。我也正因为眼罩，心情郁闷着呢，从候诊室的窗户望出去，外面米槠树的嫩叶被浓重的热气裹住，绿得像是要熊熊燃烧起来，让人觉得外界的一切仿佛都处在遥远的童话国度，水野君的面容是那么美、那么高贵，简直超过了这世上所有的人，我之所以会作如是想，肯定和我那眼罩的魔力也有关系。

水野君是孤儿，身边一个亲人都没有。家里本来是颇有实力的药材批发商，母亲在水野君很小的时候就撒手人寰，后来父亲也在水野君十二岁的时候去世，自那时起他家就散了，再也难以为继，两个哥哥和一个姐姐都分别被远房亲戚收养，最小的水野君由店里的掌柜抚养，承蒙其照顾，现在正在商科学校上学，但好像过得非常窘迫，每一天都很孤单，他自己也曾万般恳切地说过，只有和我一起散步的时候他才是快乐的。他在日常生活诸事上好像也很拮据，说是和朋友约好了今年夏天要去海边游泳，但说这话时他也没有半点高兴的神色，反而垂头丧气的，就在那天夜里，我偷东西了，偷了一条男式泳裤。

　　在这镇上，大丸①的生意做得最大。我快步走进大丸的店里，装作是在一件件地挑选夏季简便女装，偷偷从后面扯来一条黑色泳裤紧紧夹在腋下，悄悄出了店铺，可走出去四五米之后，就听到身后有人大声喊叫，我吓得"哇"的一声号叫起来，发疯般地狂奔。"小偷！"背后传来粗狠的怒吼，哐当一拳打在肩上，我一个趔趄，猛然回过头去，脸上啪地挨了一巴掌。

---

① 大丸，日本老牌百货店店名。

我被带到了派出所。派出所的前面黑压压地聚集了很多人，全都是镇上我认识的人。我的头发散开着，从浴衣的下摆那里甚至露出了膝盖。那样子真是惨不忍睹。

警察让我坐在派出所里边那个铺着榻榻米的狭小房间内，问了我好多问题。那个警察肤色白皙，脸面细长，戴一副金丝边眼镜，二十七八岁，一副讨人嫌的样子。他大致问过我的姓名、住址、年龄等，把这些一一记在笔记本上之后，忽然干笑起来，说道：

——你干过很多次了吧？

我一阵战栗，觉得毛骨悚然。我想不出该怎么回答。总这么惊慌失措的话，就会被丢进牢狱，会被判上很重的罪名。如果不想办法巧妙地蒙混过关，那可就糟了。于是我拼命寻找着辩解之词，但是该咬定哪个点呢？我的思绪迷失在五里雾中，那感觉真是再恐怖不过了。我决定大声喊叫，最终说出来的那些话真够可以的，实在是很不像样，不成体统，可一旦开口之后就仿佛着魔了似的停不下来，喋喋不休，让人觉得我简直就是个疯子。

——你们不能把我抓到监狱里去。我没有错。我二十四岁了。这二十四年里我一直恪守孝道。我小心谨慎地侍奉父亲和母亲。我哪里错了？我从来没有干过让别人从背后戳脊梁骨的事情。水野君是正人君子。将来他一定会成大事的。这一点我心里有数。我不想让他丢脸。他和朋友约好了要去海边。我想为他准备像样的行装,好送他去海边,这难道有什么不对吗?我是个傻瓜。我虽然傻,但却想把水野君培养成一个优秀的人。他出身高贵,和别的那些人都不一样。我自己怎么样都不打紧,只要他能够走向社会有一番作为,那我也就满足了,我是有任务在身的。你们不能把我抓进监狱。我长到二十四岁为止从没做过任何坏事。我不是拼尽全力一路都在照顾羸弱的父母吗?不,不,不要把我抓进监狱。我不应该进监狱。二十四年里我一直在努力付出,结果就只有这么一个晚上,一念之差伸出了手,但也不能就因为这点事情把这二十四年以来,不,把我这一生都给毁了,这样不行。这是不对的。在我看来这实在不可理喻。一生之中仅有这么一次,不经意间右手多伸出去一尺左右,可难道这就能证明我是个惯偷吗?太过分了,太过分了。也就是一次而已,不过是两三分钟内发生的事情,不是吗?我还年轻。我的生活才刚刚开始。我会和以前一样,忍受艰苦贫穷的生活继续过下去。就只是这样而已。我一点儿也没变。还是昨天那个咲子。一条游泳裤而已,对大丸这家店来说又算得了什么呢?虽然有些人欺骗别人榨取到高达一千日元两千日元的钱财,不，还有人散尽家财以博取大家的赞扬，这样的人不都是存在的吗？监狱到底是为谁准备的呢？被抓进监狱的，净是些没钱的人。他们肯定都做不出骗人这类事，都是些性格懦弱的老实人，所以渐渐被逼得走投无路，就去做那种蠢事，抢个两日元三日元的，然后不得不到监狱里去蹲上五年或十年，哈哈哈哈，可笑，可笑，我的天哪，啊，也太荒谬了吧。

当时我一定是疯了。一定是那样的。警察脸色苍白，双眼紧紧盯着我看。我突然喜欢上了这个警察。于是我一边哭，一边硬要露出微笑给他看。我多半是被当成精神病患者来处理的。警察提心吊胆、万般谨慎地把我带去了公安局。那天夜里就扣留在看守所，早晨的时候父亲前来接人，把我叫回家去。回家的路上，父亲悄声问我："没有挨打吧？"仅此一句，此外再也没说什么。

看到那天的晚报，我羞得面红耳赤。上面登出了我的事情。题目是《扒手也有三分理，精神异常的左翼少女花言巧语、口若悬河》。更多的耻辱还在后面等着我。街坊四邻都在我家附近转来转去，刚开始我还不明白那究竟是怎么个意思，当意识到他们是来窥探我的情况时，我惊得瑟瑟发抖。慢慢地，我清楚地认识到，当时我那个不起眼的动作竟是何等严重的一件大事啊！那个时候，如果我家里有毒药，我一定会开开心心地喝下去。如果附近有竹林什么的，我一定会平静地走进去上吊。我家的店铺关门歇了两三天左右。

不久，我收到了水野君寄来的信。

——我是这个世界上最相信咲子的人。可是，咲子你受的教育不够。你是一个正直的女性，但周围的环境中有不对的地方。我一直都在努力，想要矫正那些地方，但是果然有些东西是绝对的。人不可无学问。前几天我和朋友一起去大海里游泳，在海边时对人必须要有上进心这事儿讨论了好长时间。将来我们都会有所作为吧。希望咲子你今后也能谨言慎行，哪怕是能够抵偿你所犯罪过的万分之一也好，要好好向社会道歉，社会上的人恨的是罪，并不恨那个人。水野三郎。（读完务必烧掉。请把信封也一起烧掉。切记。）

以上就是书信的全文。水野君本来就是在有钱人家长大的，是我忘记了这一点。

如坐针毡的日子一天一天过去，天气都已经这么凉爽了。今天晚上，父亲说电灯实在是太暗了，总这样憋闷可不行，说着就给那个六叠①大小的房间换上了一个五十瓦的明亮灯泡。于是，我们一家三口就在这明亮灯泡的底下吃晚饭。母亲嘴里说着"啊，真晃眼，真晃眼"，用拿筷子的手遮住额头，兴奋得合不拢嘴，我也给父亲斟满了酒。"我们的幸福，说到底，只不过就是给房间换个电灯泡这种程度的"，我悄声说给自己听，但心里却并不怎么落寞，反而觉得开着这简易电灯的我们这一家人像是一盏异常绚丽的走马灯，"啊，想要偷看就看个够吧，我们一家人都很美"，我甚至想把这话告诉院子里唧唧叫着的虫子们，一份宁静的喜悦涌上心头。

---

① 叠，日本计量榻榻米的面积的量词，1叠约等于1.62平方米。

女生徒

　　早晨，马上要睁眼醒来时的心情很是奇妙。就像是捉迷藏的时候，正一动不动蹲在漆黑的壁橱里藏着呢，突然间小秀哗地推开了纸拉门，阳光一下子涌进来，小秀大声喊着"找到啦"，亮得晃眼，然后是瞬间尴尬的不快，接着紧张得胸口怦怦跳个不停，一边整理和服前襟一边略为羞赧地走出壁橱，忽然又气恼起来，就是那种感觉，不，不对，也不是那样的，总觉得更加让人无法忍受。打开一个盒子，里面还有一个小盒子，打开那个小盒子，在那里面又有一个更小的盒子，再打开那个，又出现一个小盒子，打开那个小盒子一看，里面还有盒子，这样七八个盒子一直开个不停，总算到了最后，出现了一只骰子般大小的小盒子，小心翼翼地打开来看，什么都没有，空空如也，稍稍近似于那种感觉。唰的一下子睁开眼睛这样的说法都是骗人的。开始时一直混沌不清，一会儿之后像淀粉渐渐下沉，上边渐次清澈起来，最后总算疲惫地睁开了眼。早晨，总觉得情绪低落。好多好多悲伤的事情涌上心头，让人承受不起。好讨厌啊，好讨厌。早晨的我最丑了。两只脚软弱无力，筋疲力尽，于是什么都不想做。是因为没睡好的缘故吧。说什么健康的早晨，谎话罢了。早晨是灰色的。每一天都是。最为虚无。早晨躺在被窝里，我总觉得悲观厌世。好烦人。净是些不堪的懊悔之事，一股脑儿地郁结在胸口，难受得身体抽搐起来。

早晨，真是可恶。

我轻轻叫了声"爸爸"。莫名觉得有些不好意思，又很高兴，起来迅速地叠好被子。抱着被子起身时喊了声"嗨哟"，不由吃了一惊。这之前我从不认为自己是会说出"嗨哟"这种粗鄙话语的女子。"嗨哟"这类词听起来像是老太婆的口头语，让人生厌。为什么会发出这样的声音呢？就像是我体内某个地方住着一个老婆婆似的，真不舒服。今后得注意。就好像正在皱着眉头鄙视别人粗笨的走路姿势呢，转眼却发现自己走路也是那种姿势，实在是令人沮丧。

早晨，我总是很不自信。穿着睡衣径自坐在梳妆台前。不戴眼镜望向镜子时，面部稍显朦胧，显得很是文静。自己脸上最讨厌的就是眼镜了，但眼镜又有它不为人知的妙处。我喜欢摘下眼镜去看远处。整个都模模糊糊的，像梦，像西洋镜，美极了。看不到任何肮脏的东西。入眼的只有那些庞大的物体，那些鲜明、强烈的光和色。我还喜欢摘下眼镜去看人。看起来对方都是面带着笑容，和蔼、优雅。而且不戴眼镜的时候绝不会产生想要跟人吵架这类的念头，也不想说人坏话。就只是默默地发呆而已。还有，想来那时的我在别人眼里应该也是温柔可亲的吧，于是乎我完全放下心来，甚至想顺势撒个娇，内心也就柔软了许多。

不过，眼镜还是很讨厌。戴上眼镜之后就感觉不到人脸的存在了。从脸部生出的种种情绪，比如浪漫、优美、激动、软弱、天真无邪、哀愁，所有这些，眼镜都给遮盖起来。而且，用眼睛来交流也因此成了无法达成且近乎滑稽的事了。

眼镜是妖怪。

或许是因为我自己总是很讨厌自己的眼镜的缘故吧，我一直觉得拥有一双美丽的眼睛才是最棒的。即使看不见鼻子，即使嘴被挡住了，这些都没关系，只要看着那双眼睛，就会让人产生"我一定要更加美好地活下去"这样的想法，如果拥有这样一双眼睛也就足够了。我的眼睛只是大而已，无任何可取之处。盯着自己的眼睛看时，我会很沮丧。就连妈妈也总说我的眼睛很无趣。这就是人们常说的没有光泽的眼睛吧。"煤球儿"，一想到这个词就很是沮丧。原来就是因为这个呀，也太过分了。每当照镜子的时候，我都会痛切地想：好想要一双湿润有光彩的眼睛啊。像碧蓝的湖泊那样的眼睛，像躺在绿草地上望着天空时候的眼睛，云朵不时飘过，映在其中。就连鸟儿的影子都会清晰地映出。真想多多遇上些拥有美丽眼睛的人。

从今天早晨起就是五月了，想到这里，竟有些喜不自胜。真的很开心呢，觉得夏天已经近了。走出房间到院子里去，就看见草莓花开得正好。爸爸去世这一事实变得不可思议起来。死了，不在了，这事儿实在很难理解。让人无法理会。想起姐姐、和我分开的那些人、很长时间没见的那些人，很是怀念。早晨总是会不自觉地想起过去的事情，想起那些久远的人和事，总觉得如在身旁，想起来时的感觉就像腌咸萝卜的味道那般索然无味，让人觉得不满足。

恰皮和可儿（因为它是一只可怜的狗，所以叫它可儿）

这两只狗搭伴跑过来。我让它们在我面前排好,然后就只使劲儿爱抚恰皮。恰皮满身雪白的毛闪着光,真好看。可儿就很脏。我这样宠爱恰皮,可儿在旁边看着都快要哭出来了,这些我都清楚。我也知道可儿身有残疾。可儿很可悲,很令人讨厌。我就是觉得它可怜得让人受不了,所以才故意不对它好。可儿看起来像一只野狗,不定什么时候就会被打狗的杀掉吧。可儿的腿又是这副样子,那它逃起来肯定很慢吧。可儿呀,你还是尽早跑到山林里去吧。谁都不喜欢你,所以你早点儿死掉也好。我就是这样一个女孩儿,不仅是对可儿,对人也会做那些不该做的事情。我会难为别人,刺激别人。真是一个令人讨厌的孩子。坐在廊下,抚摸着恰皮的头,望着满眼青翠欲滴的绿叶,忽然觉得自己很没出息,真想直接坐到泥土上去。

很想哭一鼻子。以为使劲儿屏住呼吸,让眼睛充血的话,或许能挤出少许眼泪来。试了一下,行不通。也许我已经成了一个没有眼泪的女人了。

只好放弃,开始打扫房间。正打扫呢,忽然哼唱起《唐人阿吉》》①　来。好像稍稍看了看四周。平时自己最喜欢的应该是莫扎特呀巴赫呀这些，这会儿竟然不自觉地在唱《唐人阿吉》，真是奇妙。抱起棉被时会喊"嗨哟"，一边打扫卫生一边唱《唐人阿吉》，如此种种，自己莫不是已经没救了吧。照这样下去，说梦话的时候不定会说出多么下流的事情来呢，好担心呀。不过，不知怎的又觉得这实在可笑，于是停下拿着扫帚的手，一个人笑了起来。

我穿着昨天新做好的内衣。在胸口处绣上了一朵小小的白色玫瑰花。穿上外衣之后就看不到刺绣了。谁都不知道这事儿。这让我很是满意。

妈妈正为某人的亲事忙得不可开交，一大早就出门去了。从我小时候起就是这样，妈妈对别人的事情总是尽心竭力，我都已经习惯了，但妈妈真的是从来都在忙个不停，到了令人惊讶的程度。佩服佩服。爸爸就只顾着读书学习，所以妈妈连爸爸那份儿也一力承担了。爸爸总是远离社交，妈妈却建起了一个舒心的小圈子。他们两人各有不同之处，却又能

---

① 《唐人阿吉》，指 1930 年日本导演沟口健二拍摄的电影《唐人阿吉》中的歌曲唱词。唐人阿吉（1841—1890），幕府末年伊豆下田的艺伎。1857 年被幕府送去服侍美国驻日总领事汤森德·哈里斯（Townsend Harris），成为哈里斯的小妾。晚年境遇凄惨，投水自杀。因十一谷义三郎的小说《唐人阿吉》（1928）而广为人知。

做到互相尊敬。可以说是毫无丑恶之处、美好和乐的一对夫妇吧。啊，说大话了，说大话了。

　　我坐在厨房门口等着酱汤热好，心不在焉看着前面的杂树丛。忽然觉得这事儿好像在以前也曾发生过，在今后也会再次发生，就这样坐在厨房门口，和现在一个姿势，一边想着完全相同的事情，一边看着前面的杂树丛。这心情很奇特，过去、现在和未来，仿佛在一瞬间的工夫儿里全都感受到了。类似的事情时有发生。正和人坐在屋里说着话呢，眼睛扫到桌子角落那里时吧嗒一下停住，再也不动。只有嘴巴还在动。这个时候往往就会产生奇怪的错觉。之前某个时候也曾处于这样的状态之中，正在谈着同样的事情呢，也是忽然盯着桌子角儿就不动了。而且今后也是一样，现在的事情依然会原原本本再次发生在自己身上，我对此十分确信。走在遥远乡间的小路上时，不管这路多么偏远，都会觉得自己之前肯定走过这条路。边走边摘下路旁的豆叶，就这么一个动作，也会觉得此前就是在这条路上的这个地方，也曾摘过同样的叶子。我还相信，不管今后多少次地走在这条路上，再走到这个地方都会摘下这些豆叶。还有下面这样的事情。有一次正在泡澡呢，忽然盯着手看起来。于是心想，很多年以后再泡澡的时候，一定会记起曾有这么一个时刻，不经意间盯着手看，然后边看还边觉得心里咯噔一下。这样想来想去，不由得心情黯淡下来。还有，某个傍晚，把米饭盛到饭桶里去时，忽然觉得有了灵感——这么说是有些夸张，有什么东西在全身倏地一闪而过，怎么说好呢？我想把它描述为哲学的尾巴。被其袭击过后，包括头部和胸部在内，所有部位都变得透明，仿佛觉得能够轻松、坚定地活下去了，就像默不作声小心翼翼地把凉粉拨出来时那份充满弹性的感觉，好像就这样随波摇摆即可美丽而轻松地过完一生。这样的时刻哪里还谈什么哲学。像偷东西的猫那样不出声地活下去，这类预感岂止不能让人满意，简直是可怕的。如果长期保持那种精神状态，人不就变得如同神明附体一般了吗？基督。不过，女基督之类的可就讨厌了。

说到底可能还是因为我太闲了，无须为生活奔波操劳，所以我应付不了每天看到听到的这成百上千种的感受，在我茫然发呆的时候，它们就趁机化作妖怪般的面孔啪啪地浮现出来，应该是这样的吧。

一个人在食堂吃饭。今年第一次吃黄瓜。看到黄瓜的青绿色就知道夏天来了。五月的黄瓜的涩味里含着悲伤，是内心空洞洞的、针扎一般疼痛的、很难为情的那种悲伤。一个人在食堂吃饭的时候就会特别想出去旅行。想去坐火车。再看看报纸。上面登着近卫①氏的照片。近卫难道是个好男人吗？我不喜欢他那种相貌。额头长得不好。报纸上最让人开心的是书的广告。估计是一字一行都要花上一两百日元广告费的缘故，大家都煞费苦心。每一个字每一句话都想收到最大效果，反复吟读之后才绞尽脑汁挤出这样的名句。如这般费钱的文章，世上怕也少有。读来总觉得心情舒畅。真是愉快。

吃完饭后，锁好门去学校。没关系的，虽然也知道不会下雨，但不管怎样都想拿着昨天从妈妈那里要来的这把好雨伞走在路上，便把它带上了。这是妈妈在少女时代用过的一把洋伞。竟然能找到这样有趣的伞，我有些得意。很想拿着这样一把伞走在巴黎的商业街上。等这次战争结束之后，这种像是带着梦想的旧式洋伞应该会流行的吧。这伞和波奈特②风格的帽子肯定很搭。穿上裙摆很长、衣领大开的粉色礼服，戴上黑色丝质蕾丝织成的长手套，在帽檐宽大的阔帽上别上一朵美丽的紫罗兰。然后，在绿树成荫的时节到巴黎的餐厅去吃午餐。懒洋洋地轻轻用手托着腮帮，正望着外面

---

① 近卫文麿（1891—1945），日本第三十四、三十八、三十九任首相，日本侵华战争的主要发动者，二战后被指控为战犯，服毒自杀。
② 波奈特（bonnet），一种帽式，从头顶到后脑部有一圈突出的帽檐盖住额头，下边用带子打结固定在下巴上。

走过的人群呢,有人轻轻地拍了拍我的肩膀。瞬间音乐响起,是《玫瑰圆舞曲》。啊,太可笑了,可笑。现实中只是这么一把老旧、奇形怪状的长柄雨伞而已。自己可真够惨的,可怜。卖火柴的小女孩啊。哎呀,还是去拔草吧。

　　临走前拔了点儿家门口的草,算是为妈妈义务劳动。今天估计是有什么好事儿要发生。同样都是草,有的想拔掉,有的想偷偷留着,怎么会这么不一样呢?可爱的草和不可爱的草在外形上并没有任何区别,既然是这样,那为什么我就如此确定地把它们分成惹人怜爱的草和面目可憎的草了呢?真没法讲理。女人的好恶实在是太过随意。结束了为时十分钟的义务劳动,赶去车站。经过田间小路时,频频想要停下来画画。中途穿过神社附近树林里的小路。这是我独自一人探查到的近路。走在林间小路上,偶然一低头,发现下面长有许多两寸左右的麦苗,这里那里一堆堆儿的。看着那些青翠的麦苗,我就知道今年也有军队来过了。去年也是,很多军队和马匹来这神社的树林中休息过。不久之后试探着经过那里时发现,麦苗就像今天这样疯长着。但是,那些麦苗却不会再继续生长。今年也是,麦粒从士兵们喂马的木桶里撒出来后生根发芽,长得又细又长,树林里这么阴暗,阳光根本照不进来,所以这些麦苗估计也就能长到这种程度,很快就会死掉了吧。真是可怜。

穿过神社树林中的小路，在车站附近碰到四五个民工。这些民工像往常那样对着我恶狠狠地说些不堪的脏话。我犹豫着不知道怎么办才好。很想超过这些民工，一口气跑到前边去，但那样的话就不得不从民工堆儿里钻过去，不得不从他们中间穿过去。太吓人了。不然呢，难道要默默站住让民工们先过去，一直站到他们走出相当一段距离吗？那样做更需要胆量。那是不礼貌的，有可能会惹怒民工们。心烦得失去理智，快要哭出来了。我觉得快要哭出来这事儿很难为情，就对着那些人笑了笑。然后慢慢跟在那些人后面走着。那个时候只能那样做，但心中的懊恼直到坐上电车都没散尽。真希望自己尽快强大勇敢起来，能够坦然面对这种低级无聊的事。

电车入口边上有个座位空着，于是我把我的学习用具轻轻放过去，稍微整理了一下裙子褶儿。正要坐下时，一个戴眼镜的男人用力推开我的学习用具坐在了座位上。

"啊，那是我先看到的座位呀。"听到这话，男子苦笑了一下就满不在乎地看起报纸来。仔细一想，也说不准是谁更厚脸皮。有可能厚脸皮的是我。

没办法，我只好把洋伞和学习用具放到网架上，抓紧皮革吊环，和往常一样，想读杂志，用一只手啪啦啪啦翻动书页的时候，突发奇想。

如果把读书这件事情从自己这里拿走，那么没什么经验的我估计得哭起来。我就是这么依赖书上写的东西。读一本书的时候，一下子就会迷上这本书，信赖、同化、共鸣，努力让生活贴近书本。然后再读别的书时，马上又会转过去，全神贯注于其中。把他人的东西偷过来后好好地改造成自己的东西，这种才能，这种小聪明，是我唯一的看家本领。说实话，这种小聪明和小把戏让人腻烦。如果每天总是不停地在失败、一味在人前丢人现眼的话，或许能稍微变得稳重一些。不过，即使面对那样的失败，估计也会想方设法牵强附会巧妙地敷衍过去，编出些像模像样的理论，或许还会得意扬扬地来上一出苦情戏吧。（这些话也都曾在某本书上读到过。）

我真的不知道哪个才是真正的自己。没有了可读的书、到哪里都找不到可供效仿的模板时，我究竟会怎么做呢？可能会手足无措做萎缩状，只是一味胡乱地擤着鼻涕。不管怎样，在电车里每天都这般晕乎乎地胡思乱想可不行。体内残留着讨厌的温热，真受不了。"必须得做些什么，好歹要想想办法"，想是这么想的，可是怎样才能清醒地把握自我呢？

之前我的那些自我批判没有任何意义。试着展开批判时，一旦发现某个讨厌、软弱的地方，马上就会放纵沉溺于此，聊以慰藉，然后得出"磨瑕毁玉、削足适履可不好"这类的结论，所以根本算不上批判，什么都不是。毋宁说什么都不考虑才更合乎良心吧。

这本杂志上也是，标题之一是《年轻女性的缺点》，形形色色的人对此各抒己见。读着读着仿佛觉得是在说自己，又羞愧起来。再看这些作者，恰是文如其人。平时看着是个愚蠢的人，说出来的那些话真就让人觉得很是愚蠢。看照片觉得比较时尚的人，遣词造句也真时髦得很。真是可笑。有时候会一边窃笑着一边读下去。宗教家很快就会谈到信仰，教育家自始至终都在写恩情、恩情。政治家会抛出汉诗。而作家则会装腔作势讲究遣词造句，自命不凡。

不过，大家写下的确实都是些真事儿。没有个性，没有深度。远远地背离了正当的希望、正当的野心。换句话说，就是没有理想。即使有所批判，也没有将之与自己的生活直接结合起来，缺乏这样的积极性。不会反省。缺乏真正的自觉、自爱和自重。即便是鼓起勇气付诸行动，也未必能承担得起由此带来的一切后果。虽能够顺应自己周边的生活方式、巧妙地处理好周边关系，但对自己以及自己周边的生活缺乏该有的热爱之情，不具备真正意义上的谦虚，缺乏独创性，只是在模仿。缺乏人类本来应有的"爱"的感受性，假装文雅，实则没有气质。此外还写了很多。确实很多地方读来都让人震惊，根本无法否定。

但是，看着写在这里的所有的这些话，总觉得它们和这些乐观的人平时的想法相去甚远，只不过是随手写写看似的。用了很多"真正意义上的""本来应有的"这类形容词，但所谓"真正的"爱、"真正的"自觉这些到底是什么，却并没有清楚明白地写出来。也许这些人是知道的。既然如此，就请更为具体地用一两句话指出来，像"向右走、向左走"这样，就用一句话，威信十足地指给我们看，对此必将感激不尽。我们已经迷失，找不到表达爱的方法了，所以如果这些人不是总说这也不行、那也不行，而是坚决地命令说要这样做或那样做，那么我们大家都会按照指示去做。该不会是他们谁都无此自信吧？或许在此发表意见的这些人也并非无论何时何地都能秉持这些意见。虽然现在厉声斥责我们不具备正确的希望和野心，可是当我们真正追逐理想并付诸行动起来之后，这些人会始终坚决地守护、引导我们吗？

我们隐隐约约都知道哪里是自己该去的最好的地方，哪里是自己想去的美好的地方，哪里是应该努力提升自己以期到达的地方。我们想拥有好的生活。那就是我们怀有的正确的希望和野心。我们还想拥有值得信赖、不会动摇的信念，急于拥有这一切。但是，作为一个女孩儿，如果想要把这所有一切都具体应用到女孩儿的生活上，那得付出何等的努力啊！妈妈、爸爸、姐姐和哥哥自有他们的看法。（我嘴上虽然会说太老套啦这类的话，但只是说说而已，绝不会蔑视人生中的前辈、老人和已婚人士。不仅如此，对他们应该是怀着三分敬意的。）也有某些在生活中密切相关的亲戚，还有熟人，还有朋友。此外，还有所谓的"世俗"，也总是在以强大的力量裹挟着我们。想过、看过、感受过这所有的事情之后，哪里还谈得上要张扬自己的个性。于是不由得会想：算了，不起眼地沿着大多数普通人都会走的道路往前走，这才是最明智的吧。把本属于少数人的教育施加到所有人身上，是一件极其残酷的事情。长大后才渐渐明白，学校里的修身教育和社会上的规则是很不一样的。如果完全遵守学校里的修身教育那套，那么这个人就要吃大亏，会被说成是怪人，不会出人头地，一直穷困下去。真会有不撒谎的人吗？如果有，那么那个人永远都是一个失败者。我的至亲里面也有这么一个品行端正、怀有坚定的信念、追求着理想，在真正意义上生活着的人，但是一众亲戚总说那个人不好，把他当成傻瓜对待。我虽然知道他被人欺负遭受挫折，但却不能和母亲或大家对着干，无法伸张自己的想法。因为那让人害怕。

小时候，当自己的想法和别人的想法完全不同时，我还会问妈妈："为什么呢？"每当这时，妈妈都会用一句什么话敷衍过去，然后就会生气。妈妈说着"这样不好，像坏孩子"，脸上露出悲伤的表情。我也去找爸爸说过。当时爸爸只是笑笑，什么都没说。后来好像他和妈妈说过我是个"不合群的孩子"。随着慢慢长大，我愈加谨小慎微起来。哪怕是做一件衣服，都会考虑别人的看法。至于符合自己个性的东西嘛，我其实一直都在偷偷喜欢着，今后也想继续喜欢下去，但是如果要把它作为自己之物明确地表现出来，那我可不敢。我决计要做众人眼中的好女孩儿。当一群人聚在一起的时候，自己是多么委曲求全啊。我言不由衷，喋喋不休地说着那些根本不想说的事情。因为我觉得那样做更有利，不会吃亏。真是讨厌。道德剧变的日子如能赶快到来就好了。到那时候，这份卑微和委屈都会一扫而光吧。这种不为自己、只为别人，每天消极懈怠不痛快的日子也将一去不复返吧。

哎哟！那边有座位空出来。赶紧从网架中取下学习用具和洋伞，匆忙地冲过去。右边坐着一名中学生，左边是一个背着孩子、穿着背娃专用大棉袄的大妈。大妈已经上了年纪，却化着大浓妆,梳着流行发式。脸长得漂亮,但脖子那里堆满了黑黑的皱纹,一副可怜相,令人讨厌到想揍她一顿。人在站着的时候和坐着的时候考虑的事情真是完全不同。坐下之后就净是想一些不着边际、提不起精神的事儿。我对面的座位上是四五个年龄相仿的公司职员,心不在焉地坐在那里。三十岁左右吧。都很讨人厌。睡眼惺忪,目光浑浊。垂头丧气的。不过,如果我现在对着他们中的某个人莞尔一笑,说不定仅凭这样,我就会被强行拖去和那个人结婚,难逃这样的厄运。女人要决定自己的命运,一个微笑就足够了。真可怕。简直不可思议。可得多加小心哪。今天早晨的确总在想些奇怪的事情。从两三天前起,脑海里忍不住就会浮现出到我们家来整修庭园的那个花匠的脸庞。怎么看都是一个地道的花匠,但是脸部的感觉确实很不一样。夸张一点说,他长着一张思想家那样的脸,皮肤看上去黝黑结实,眼睛很好看,眉毛也很紧凑。鼻子是典型的塌鼻梁儿,但那又和他黑黑的肤色很搭,看上去意志很坚定。嘴唇的形状也相当不错,耳朵稍有点脏。要说手的话,那就退回到他花匠的身份上去了,但他头戴黑色礼帽,整张脸都罩在阴影里,让人觉得这样一张脸安在花匠身上真是可惜了。"那个花匠从一开始就是做花匠工作的吗?"我这样问过妈妈不下三四次,最后被妈妈骂了。今天我用来包学习用具的这张包袱巾，正好就是那个花匠第一次来的那天我向妈妈要过来的。那天家里大扫除，所以修理厨房的工人和榻榻米店的人也都来了，妈妈还整理了衣橱，这张包袱巾就是在那个时候被找出来的，我便要了过来。这是一张漂亮的包袱巾，很有女人味儿。这么漂亮，如果打结系起来的话就可惜了。我就这么坐着，把它放在膝盖上，悄悄地看了又看。抚摸着它。很想请电车里的这些人都看一看它，但是谁都没看。如果有人能够看看这张可爱的包袱巾，哪怕只是稍微看上一眼，那么让我嫁给那个人都没问题。一想到"本能"这个词，我就想要哭出来。本能的作用何其大，它的力量是我们的意志所无法改变的。当每每从自身经历的各种事情中感受到这一点时，就会觉得自己快要疯了。该怎么做才好呢？一脸茫然。不是否定或肯定的问题，而是一件庞然大物猛地迎头盖压下来，是这样的感觉。然后，随意地拽着我到处转来转去。我任由其拖着，心里满足的同时还有另外一种感情存在，觉得自己正带着一种悲哀的情绪望着这一切。为什么我们不能仅靠自己就获得满足呢？为什么我们不能一辈子只爱自己呢？看着本能逐渐吞噬我既有的感情和理性，真是难受。在片刻地忘掉自己之后，剩下的只有沮丧。在这个自己或那个自己之中都有本能明确地存在着，渐渐明白这一点后忍不住想哭。想喊妈妈，想喊爸爸。可是，又或者真实正出乎意料地存在于自己觉得讨厌的那些地方，这样一想更加觉得难为情。

已经到御茶水①了。一到站台上之后，不知为何一切都消失得干干净净。赶紧拼命回想刚刚发生的事情，却什么都想不起来。哎，还是接着往下想吧。心里急躁，但又没什么可想的了。一片空白。彼时其实也发生过一些深深打动自己的事情，也有过痛苦和羞耻，但是那个时刻一旦过去，就跟什么都没发生过一样，没有任何差别。"现在"这个瞬间很是奇妙。现在，现在，现在，就这样正用手指摁着呢，"现在"却早已远远飞去，新的"现在"已经来到。一边嗒嗒地攀上天桥的台阶，一边在想"到底是咋回事儿呢"。真是愚蠢。或许我是有点幸福过头了。

今天早晨的小杉老师很美，就像我的包袱巾那样的美。美丽的蓝色很适合老师，胸前火红的康乃馨也让人眼前一亮。如果她没有"造作"，我肯定会更加喜欢这位老师的。她太装模作样了。总觉得别扭。那样也是很累的吧。她的性格中也有某些难懂的地方。很多地方都让人看不透。本来性格阴

---

① 御茶水，此处指御茶水站。御茶水是日本东京文京区汤岛至千代田区神田一带的区域。御茶水女子大学的原校址即在此。

暗，却硬要故作明朗状给人看。这一点显而易见。但是不管怎么说，她都是一位迷人的女性。被安排在学校老师这样的位置上，真是可惜。虽然，她在课堂上不如之前那么受欢迎了，但我个人却和之前一样被她吸引着，觉得她就像一位住在山中湖畔古城里的千金小姐。讨厌，不由得赞美起她来。为什么小杉老师讲的内容总是这么生硬刻板呢？不会是因为脑子不好吧？真是可悲。从刚才就一直在絮絮叨叨大谈爱国精神给我们听，那些不都是明摆着的事实吗？不管是什么人，其实都是爱着生养自己的地方的。无聊。我用手托着腮帮支在桌子上，漠然望着窗外。可能是风大的缘故吧，云很好看。院子的角落里开着四朵玫瑰花。一朵黄色的，两朵白色的，一朵粉色的。我呆望着花儿的时候想：做人其实还是有好处的。发现花之美的是人，爱花的也是人。

　　午饭的时候，提起妖怪故事。康平姐讲的一高①七大怪事之一——"从未开过的门"——就已经让大家惊叫个不停。不是那种幽灵飘来飘去风格的，是心理层面的那种，我觉得真是有趣。因为闹腾得厉害，刚刚才吃过饭就又饿了。

---

① 一高，东京第一高等学校的简称。前身是成立于1877年的东京大学预备校，1894年更名为第一高等学校，学制三年。1949年并入东京大学教养学部。

我赶紧去面包店太太那里要了些奶糖吃。然后大家重又入迷地讲了一阵儿恐怖故事。好像所有人都会被这样的妖怪故事所吸引。这对我们应该是一种刺激吧！随后又讲了"久原房之助①"的故事，虽然不是怪谈，但却奇怪得很，委实奇怪。

　　下午上美术课的时候，大家都去校园里练习写生。伊藤老师为什么总是用些无聊的事儿使我为难呢？今天又命令我给老师本人的画儿做模特。早晨我带来的旧雨伞在班上大受欢迎，大家为此闹哄哄的，终于连伊藤老师也知道了，于是吩咐说让我拿着那把雨伞在校园一角的玫瑰旁边站好。老师说要把我的这个形象画下来，等下次拿到展会上去。我答应只给老师做三十分钟的模特。能够帮助别人总是快乐的，哪怕只是一丁点儿的帮助。不过，和伊藤老师这样两个人面对面相处却非常累人。他说话絮絮叨叨的，大道理讲得令人不胜其烦，而且有可能是太过在意我的存在了吧，一边画素描一边唠叨，说的全都是我的事儿。我回答起来也觉得费劲儿，太麻烦。真不是个爽快人。有时候会奇怪地笑笑，虽然作为老师有时却又很害羞，总之就是不干脆、不痛快，令人作呕。

---

① 久原房之助（1869—1965），日本实业家、政治家。创立了久原矿业所、日立制作所等企业。进入政界后任日本政友会总裁。二战后被开除公职，后为中日邦交正常化做出过贡献。

说什么"想起了死去的妹妹"之类的,真让人受不了。人倒是好人,但就是太过装模作样了。

要论装模作样,其实我很是精于此道,自不会输给老师。我的水平更高,狡猾且巧于钻营。毕竟是装腔作势,所以最后总不免难堪。即便会说出"自己摆姿态摆得太过了,成为一只被假姿态牵着鼻子走的撒谎的怪物"这类的话,但这其实正是另一个姿态,所以我依然走不出去,寸步难行。就这样,一边老老实实地给老师做模特,一边也在深深地祈愿:"要表现得自然,表现得率真。"别再读什么书了!生活中只剩下观念,毫无意义的自以为是,傲慢的不懂装懂,这些都让人瞧不起,瞧不起。好像人经常会思考很多,并为之苦恼,诸如"哎呀,丧失生活的目标了""如果能够更加积极地面对生活和人生该有多好""自己身上是不是存在矛盾呢"等等,但是这不过就是多愁善感罢了。不过是在怜惜自己、安慰自己而已,而且还太过高估自己了。啊,啊,竟然让我这个内心如此污浊的人来当模特,老师的画肯定会落选。肯定美不了。虽然这样不对,但我还是忍不住觉得伊藤老师看上去就像是个傻瓜。我的内衣上绣着一朵玫瑰花,老师连这事儿都不知道。

这么默不作声保持同一个姿势站着,没来由地特别想要钱。哪怕有个十日元也好。想读《居里夫人传》①，读一整夜。忽然又很希望妈妈能够长命百岁。奇怪，给老师当模特怎么就这么难受。累得筋疲力尽。

下课后，和寺庙住持家的金子小姐偷偷跑去好莱坞发廊剪头发。剪完之后一照镜子，发现没剪出我要的样子，真是失望。怎么看我都一点儿也不可爱。真可怜。沮丧极了。竟然会来这种地方偷偷地剪什么头发，自己简直就是一只恬不知耻的母鸡，这会儿真是后悔不已。我们竟然会来这种地方，绝对是在侮辱自己。寺庙家的小姐却极度兴奋。

"就这样直接去相亲吧"，她竟开始说起这样粗鲁的话来，说着说着好像产生了错觉，仿佛她自己已经定下来真的要去相亲了似的。

"这样的头发上戴什么颜色的花好呢？""穿和服去的时候配什么样的腰带好呢？"她认真起来。

的确是一个什么都不考虑的可人儿。

"要去和哪位相亲呢？"我也索性笑着问她。

"不都说年糕铺家做的年糕才最好吃嘛，凡事都要找内行。"她一脸正经地答道。"这话什么意思？"我略带惊讶地

---

① 《居里夫人传》（*Madame Curie*），出版于 1937 年，作者是居里夫人的次女艾芙·居里（Ève Curie）。

问。"寺庙家的女儿当然还是嫁到寺庙里去最好啦,一辈子都衣食无忧的。"听到这样的回答,我再次大吃一惊。金子看起来似乎没什么个性,也因此让人觉得她女人味十足。在学校里坐在我邻座,可我对她并没有那么亲近,反而是寺庙家的小姐总拿我和大家说"这是我最好的朋友"之类的。可爱的姑娘。每隔一天就会寄信给我,平日里也很照顾我,对此,我心存感激,但今天她实在是喧闹得太过夸张,我到底觉得有些不爽了。和寺庙家的小姐分开之后坐上了公交车。总觉得非常郁闷。在公交车里看到一个讨厌的女人。穿着一件衣领很脏的和服,乱蓬蓬的红色头发缠在一个发髻上。手和脚也都很脏。长着一张怒气冲冲的红黑色的脸,简直分辨不出是男是女来。再一看,啊,太恶心了。那个女人大着肚子呢。她时不时一个人不出声地笑着。母鸡。我也是,偷偷地跑去什么好莱坞弄头发,和这个女人完全没有任何分别嘛。

想起了今天早晨在电车上和我坐在一起的那个化大浓妆的大妈。啊,脏,脏。女人真讨厌。正因为自己也是女人,所以也就更了解女人体内的那些不洁,厌恶得咬牙切齿。就像是拨弄完金鱼之后留下的那种让人无法忍受的腥味沾满了自己的身体,再怎么洗都洗不掉,这样日复一日,自己也会逐渐散发出雌性气味的吧。一想到这里,再加上还预想到了一些别的事情，就觉得干脆在现在这样的少女时代死掉算了。突然很想得病。得那种很重很重的病，大汗像瀑布一般流出，身体又瘦又弱，这样的话或许我也能彻底变得洁净起来吧。只要活着，终究是难以幸免的。感觉好像都有点理解那艰深的宗教意义了。

从公交车上下来，稍稍松了口气。车子之类的实在坐不下去了。空气潮热，受不了。还是大地好。踩在泥土上走着走着就喜欢上了自己。我真是有点肤浅。自在懒散。"回家吧，回家吧，看着什么回家呢？看着地里的洋葱回家去，青蛙都叫了，快快回家吧。"① 小声地哼起歌来。这孩子可真是无忧无虑呢，连我自己都懊恼起来，觉得这个只会长个儿的自己令人嫉妒。我决定要做个好女孩。

每一天都要走这条回家的乡村小路，已经太熟悉了，以至于都忘记这乡下是多么宁静了。树木、道路和田野，感受到的就只有这些而已。今天打算改变一下，假装自己是从别的地方第一次跑到这乡间来的人。好吧，我是神田②附近木屐店家的一个小姐，有生以来第一次踏上郊外的土地。如此

---

① 此句出自日本童谣《回家吧回家吧》（《かえろかえろと》），创作于1925 年，北原白秋作词，山田耕筰作曲。
② 神田，日本东京千代田区东北部一带，域内多大学、书店和出版社。

一来，这个乡村看起来究竟会是怎样的呢？真是个很棒的想法。可怜的想法。我换上一副郑重其事的表情，故意夸张地东张西望。从小林荫道中走过时，仰头望着满枝的新绿，"哇喔"，小声地喊了一下，走过土桥时，盯着小河看了一会儿，让脸倒映在水面上，"汪汪"学着狗的样子叫几声，望着远处的田野时，眼睛眯起来做陶醉状，"真好啊"，低声嘟囔着叹一口气。在神社里又歇了歇。神社周围的森林里面很暗，于是我急忙站起身来，说声"哦哦，可怕，可怕"，缩着肩穿过森林，来到森林外的光明之中，故意做出因这片光明而惊讶的样子，各种新的尝试，这样万分用心地走过乡间小路，不知怎的忍不住寂寞起来。最后一屁股坐在路边的草地上。在青草上坐下之后，刚才那些异常兴奋的情绪咣当一声消失不见，倏地认真起来。于是我静下来慢慢地想了想最近的自己。为什么这一阵子自己这么不对头呢？为什么会如此不安呢？总是在害怕什么。前几天还有人说我："你渐渐变俗气了呢。"

可能吧。我确实变坏了，变庸俗了。糟糕啊，糟糕。懦弱啊，懦弱。冷不丁地想要大喊一声"哇"。哼，喊上那么一声就想把自己的软弱掩饰过去呀，没门儿。必须得另想办法。可能我是恋爱了吧。仰面朝天躺在绿草地上。

我喊了句"爸爸"。爸爸，爸爸。晚霞映照的天空很美。暮霭是粉红色的。夕阳之光融化到云气里面，洇开，渗出。于是烟霭就变成这么柔软的粉红色了，是这样的吧。那粉红的烟霭悠悠荡荡地流动，一会儿钻进树丛的间隙，一会儿在路面上行进，一会儿又抚摸着草地，然后把我的身体轻柔地包裹起来。粉红色的光静静照着我的每一根头发，温柔地抚摸着。和那相比，还是这天空更美。这是我自出生以来第一次对着天空低头致敬。现在我信神了。这天空的颜色是怎样一种色彩呢？玫瑰。火灾。彩虹。天使之翼。大伽蓝。不，也不是那样，是更为庄严神圣的。

"我要爱这一切。"这样想着，眼泪都快流出来了。盯着天空看，发现天空渐渐改变，慢慢现出了淡青色。我唯有叹息而已，很想脱个精光。还有，在我眼里，树叶和草从没像现在这样透明，这样美。我轻轻地摸了摸草。

想要美好地活下去。

回到家一看，有客人。妈妈也已经回来了。和往常一样，因为什么事客厅传来热闹的笑声。妈妈这个人，和我单独在一起时，不管脸上笑成什么样，都不会笑出声来。但是当和客人谈话的时候，即使脸上毫无笑容，也会发高声尖笑。我打过招呼后立刻绕到后面，在井边洗手，脱下袜子洗脚。这时候，鱼店老板来了，嘴里说着"让您久等啦，多蒙关照，非常感谢"，把一条大鱼放在井边上就回去了。虽然不知道这鱼叫什么，但看那鱼鳞细密，觉得它像是产自北海道。把鱼放到盘子里，重新洗手时，闻到一股北海道夏天的腥味。想起了前年暑假时去北海道姐姐家玩时的事情。姐姐家在苫小牧①，可能是因为靠近海岸吧，一直有股鱼腥味。眼前清晰地浮现起黄昏时分姐姐一个人待在她家那空荡荡的厨房里，用白皙的且具有女性特征的手在处理鱼。那个时候，不知为什么我很想对着姐姐撒娇，非常地渴望，但是那会儿姐姐已经生下小年，姐姐不再是我的了，想到这里就觉得冷风嗖嗖吹过，无论如何都无法再紧紧搂住姐姐纤细的肩膀了，心里寂寞得要死，就那样一动不动站在厨房昏暗的角落里，恍恍惚惚盯着姐姐那白皙的手指优雅地动来动去。这些也都记得很清楚。所有的过往都令人怀念。骨肉至亲真是不可思议。换作他人，远远分开之后也就淡了，慢慢就会忘掉，但是骨肉至亲不同，让人记着的尽是那些难忘的美好往事。

井边的茱萸果微微有些红了。再过两个星期应该就能吃了吧。去年很有意思。傍晚我一个人在摘茱萸果吃的时候，

---

① 苫小牧，日本北海道西南部的城市，临太平洋。地名源自阿伊努族的语言，意为"沼泽后面的河流"。

恰皮默不作声地盯着，看它可怜就给了它一个。结果恰皮吃了下去。又给了它两个，也吃掉了。真是好玩儿，我晃动树干，果子吧嗒吧嗒落下来，于是恰皮就可劲儿地吃起来。真是个傻瓜。吃茱萸果的狗，第一次见。我也跷着脚摘茱萸果吃。恰皮也在底下吃。太搞笑了。记起这事儿以后就觉得很想恰皮，喊了一声：

"恰皮！"

恰皮从前门那边有模有样地跑过来。忽然觉得恰皮如此招人爱呢，用力揪住它的尾巴，恰皮轻轻咬了咬我的手。有一种想哭的冲动，我打了恰皮的脑袋一下。恰皮没当回事儿，出声地喝着井边的水。

走进房间里，电灯灯光朦胧。静悄悄的。爸爸没有在。果然，只要爸爸不在，就会觉得家中某个地方留出了一大片空席位似的，身上难受得想要抽搐。换上和服，内衣脱下来丢开，轻吻了一下上面的玫瑰，然后刚在梳妆台前坐下，就听到客厅那边传来妈妈他们的哄笑声，我不由得生气起来。妈妈这人，在和我单独相处的时候还好，但有客人来的时候就会很奇怪地远离我，冷漠疏远。在那时候，我就会最想念爸爸，内心悲痛。

照了照镜子，我的脸鲜活、生动得令人赞叹。脸仿佛是另一个存在。和我自己的那些痛苦、难受的情绪完全不沾边儿，作为另一个存在自由自在地活着。今天我连腮红都没涂，脸蛋儿却红得这么厉害，而且嘴唇也小小的红红的，还闪着光，真可爱。摘下眼镜，偷偷地笑了笑。眼睛非常好看。湛蓝湛蓝的，清澈明亮。大概因为盯着傍晚的美丽天空看了好久，所以眼睛才变得这么漂亮的吧。太棒了。

有些飘飘然了，走到厨房里，淘米的时候又悲伤起来。想念以前在小金井①的那个家。心中燃起了强烈的思念。在那个美好的家里有父亲在，姐姐也在。妈妈那时也很年轻。每当我从学校回来后，都会和妈妈姐姐在厨房或是茶室聊些有趣的事。我会讨一些点心吃，和她们两人腻歪上一阵儿，要不就找碴儿和姐姐吵架，然后一定会被责骂，便跑出去骑着自行车去很远很远的地方。傍晚的时候回来，接着就很愉快地吃晚饭。那时候真是快乐。不会紧盯着自己看，也不会龌龊地搞些有的没的，只是撒娇装小孩子就可以了。那时候我是享受着何等重大的特权啊。而且还觉得理所当然。无忧无虑，不会寂寞，也不会痛苦。爸爸是一个优秀的好父亲。姐姐很温柔，我总是粘着姐姐，依赖着她。但是，随着逐渐

---

① 小金井，东京都中部的一个城市，位于武藏野台地，多学校和住宅区。

长大,首先是我自己变得令人讨厌起来,我的特权不知不觉之间已经消失,赤裸裸地,丑陋不堪。再也不能对任何人撒娇,总是闷头沉思苦想,多出好些痛苦的事。姐姐嫁人去了,爸爸已经不在。只剩下妈妈和我。妈妈一直也是非常寂寞的吧。前几天,妈妈说:"从今往后再也没有任何活着的乐趣了。说真心话,即便是看着你,我也感觉不到什么快乐。请你原谅。既然你爸爸已经走了,那幸福还是不要来找我了。"蚊子飞出来的时候,妈妈会突然想起爸爸,拆洗衣物的时候会想起爸爸,剪指甲的时候也会想起爸爸,甚至是喝到好喝的茶的时候,看那样子也一定是想起了爸爸。不管我怎么安慰妈妈,怎么陪她聊天,果然还是代替不了爸爸。夫妻之情是这个世界上最强大的东西,肯定比骨肉亲情还要珍贵。考虑这些大人的事儿,一个人羞红了脸,于是我用濡湿的手向上拢了拢头发。唰唰地淘着大米,打心眼里想着我要多疼爱妈妈,同情她,保护她。像这种烫成波浪状的头发,还是赶紧弄蓬松开比较好,再把头发养长一些吧。妈妈以前就不喜欢我短头发的样子,如果头发长得长长的,整整齐齐地扎起来,那她看了一定会高兴的吧。不过,竟然要做那种事情去取悦妈妈,也让人很不爽。讨厌。这一阵子我这么焦虑,想来和妈妈有很大关系。我是想做一个遂妈妈心意的好女儿,但是我也不愿因为这个就很奇怪地去迎合她。即使什么都没说，但是妈妈，只要你能真正理解我的心情、能够安下心来，就比什么都强。我不管怎么任性，都绝不会去做那些被世人耻笑的事情。不管怎么难受、怎么寂寞，在大事上都会好好地守规矩。我一直都很爱妈妈，很爱这个家，非常非常爱。所以，如果妈妈也能够绝对地信任我、任我迷糊且无忧无虑地生活，那就足够了。我一定会做得很出色。拼命努力且不辞辛苦。即使是对现在的我来说，这也是最大的乐事，是我深以为然的生存之道，但是妈妈却一点儿都不相信我，依然把我当成孩子看待。我说一些孩子气的话时妈妈会很高兴，最近也是，我简直是个傻瓜，故意把尤克里里拿出来，弹得砰砰作响欢闹给妈妈看，结果妈妈好像由衷地感到高兴。

"哎呀，是下雨吗？听到雨点滴落的声音了。"妈妈故意装傻这样说，逗我，做出她以为我真的迷上了尤克里里般的样子。我看了觉得很可怜，想哭。妈妈，我已经是一个大人了，已经了解这人世间的所有一切。不管是什么事情，都请放心地找我商量吧。家里的经济情况，只要您毫不保留地和我说清楚，只要您说出"是这样一种情况，你也要努力"这样的话，我绝不会再软磨硬泡要买什么鞋子。我会是一个可靠、俭朴的女儿。真的，肯定会的。尽管如此。啊，想起有一首歌的名字就叫《尽管如此》，一个人哧哧地偷笑起来。回过神来才发现，我正呆呆地双手伸在锅里，像个傻子似的对这个那个想个不停。

不行了，不行了。必须得赶快给客人做晚饭了。刚才那条大鱼，怎么处理好呢？姑且先切成三片，抹上大酱腌着。那样的话，吃起来肯定很美味。做饭靠的就是感觉，得用心。还剩下一点儿黄瓜，来个三杯醋①拌黄瓜吧。再做个我拿手的厚蛋烧。然后还要一道菜。哦，对了。做洛可可②式料理吧。这是我自创的菜品。在每一个盘子里都放上火腿、鸡蛋、西芹、卷心菜、菠菜等厨房里剩下的所有东西，把各种各样的颜色美美地搭配在一起，手法娴熟地摆好端上去即可，不费事，还经济实惠，虽然根本算不上好吃，但却能把餐桌装扮得非常热闹且华丽，看起来就像是极其奢华的美馔。鸡蛋的影子底下是西芹做的青草，旁边火腿做成的红色珊瑚礁隐隐约约露出了脸，把卷心菜的黄色叶子铺在盘子底部，铺成牡丹花瓣那样，或是鸟羽扇那样，青翠欲滴的菠菜就像牧场，又像湖水。这样的盘子摆个两盘三盘后往餐桌上一端，客人

---

① 三杯醋，用料酒（或糖）、淡口味的酱油、食醋各一杯合成的调味汁。
② 洛可可（rococo），十八世纪流行于欧洲的一种装饰风格。流行的中心地是路易十五时的法国。装饰风格以华丽的曲线图案为主，注重纤细、优美感。

们一闪念或许能想起路易王朝。即使达不到那种程度，反正我也做不出什么好吃的佳肴，至少在外形上要做到美观，让客人们眼花缭乱，以此蒙混过关。做菜，最重要的是外观。一般凭这就能糊弄过去。不过，做这道洛可可式料理可得具备相当的绘画才能。对于色彩搭配的敏感度必须超于常人，否则就会失败。至少也要有我这样的敏锐度。前几天查了查词典，发现上面对洛可可这个词的定义是"但求华丽、内容空洞的装饰风格"，于是忍不住笑了。解释得漂亮。美岂能容得下内容？纯粹的美总是无意义、无道德的。必然如此。所以，我喜欢洛可可式。

和往常一样，我做饭的时候会这菜那菜地尝味道，尝着尝着就会有严重的虚无感袭来。疲劳得要死，心情很郁闷。所有的努力都已达到饱和状态。够了，够了，不管什么都无所谓，无论怎样都没关系。终于哼的一声决定自暴自弃，不管是味还是色都胡乱地硬整一通，手忙脚乱地做完，一脸很不开心的样子给客人端上去。

今天的客人格外让人郁闷，是家住大森①的今井田先生夫妇和他们七岁的儿子良夫。今井田先生已经快四十岁了，

---

① 大森，现东京都大田区东部地名，原为大森区。

但还像美男子一样皮肤白白的,真讨厌。他为什么要吸敷岛①这种呢?如果不是那种两头都不带纸烟嘴儿的"两切型"香烟,总会觉得不干净。香烟必须得是"两切型"的。如果吸的是敷岛这类的,那么就连这个吸烟者的人品都值得怀疑。他对着天花板一口一口吞云吐雾,嘴里"是的,是的,的确如此"地应着。他现在好像在做夜校老师。他的太太身材矮小,唯唯诺诺的,还很粗俗。即使是些无聊的事情,也会弯下身子笑到俯首,像是要把脸贴到榻榻米上去。真有什么好笑的事儿吗?她误以为那样夸张地笑到趴下是一种高雅的举止。当今世上,就数这种阶层的人最为可恶了,不是吗?再肮脏不过了。这就是所谓的小市民、小官僚吧。孩子也是不自然地故作老成,没有半点儿率真、健康的样子。我虽然心里这样想着,表面上却还是抑制住所有情绪,鞠躬行礼,笑着聊天,嘴里夸小良夫真是可爱,还摸摸他的头,完全就是在撒谎骗大家。这样看来,说不定和我相比,还是今井田先生夫妇要纯洁得多。大家吃了我做的洛可可式料理,夸赞了我的手艺。为此,我又是寂寞又是生气,心里想哭,但还是

---

① 敷岛,一种带纸烟嘴儿的香烟,1904 至 1943 年间由日本大藏省专卖局生产、销售。

努力装出高兴的样子来，随后我也陪着一起吃饭，可那位今井田太太还是不依不饶地说些蠢笨的奉承话，到底惹得我心头火起。好，也不必再扯谎，我表情严肃地说："这些饭菜根本就不好吃。因为实在做不出什么，不过是我的黔驴之技罢了。"我是打算原原本本如实地讲出来，但是今井田先生夫妇却拍着手说"黔驴之技"这个词用得好，紧接着自顾自笑了起来。我内心激愤，很想把筷子茶碗全都扔出去，然后放声大哭。结果还是一声不吭地忍住，强迫自己默默地笑脸相迎，这下连妈妈都说："这孩子也慢慢能帮上忙了。"妈妈明明非常了解我内心的悲伤，但为了迎合今井田先生的想法，竟说出这么无聊的话来，说罢呵呵一笑。妈妈真没必要为讨这今井田的欢心而做到这种程度。面对客人时的妈妈不再是妈妈，只是一个懦弱的女人。难道因为爸爸不在了，就要如此自卑自贱吗？我觉得可怜，再也说不出话来。请回去吧，快请回吧。我的爸爸是一个优秀的人。脾气好，人格也很高尚。如果说因为爸爸不在了，你们就这般瞧不起我们，那么现在就请回吧。我差一点儿就对今井田说出口了。可是我同样也很懦弱，给良夫切火腿，或是给太太夹块咸菜，只是这样招呼着他们。

吃完饭，我立刻躲进厨房，开始收拾善后。想尽快一个人独处。这并不是我自命不凡,而是觉得没有必要再对着那样一群人违心地附和,没有必要再继续强颜欢笑。对那些人也绝没有讲礼貌——不不,应该说是阿谀奉承——的必要。烦人。已经烦得不行了。我已尽我所能招待他们了。妈妈不也正高兴地看着今天我这种百般忍耐和讨人欢心的姿态吗?仅凭这一点也就够了,是这样吗?人际的应酬就是应酬,自己就是自己,坚决地把二者清清楚楚地区分开来,中规中矩痛痛快快地待人接物,这样就好吗?还是说即使被人家恶语相向也永远都不失去自我、不避锋芒地走下去好呢?怎么做才好呢,我不得而知。羡慕那些能一辈子只生活在和自己同样软弱、善良、温和的人群里的人。说到辛苦,如果无须辛苦即可过完一生,那么也没有必要特地去找苦吃、找罪受。那样真好。

当然,抑制自己的情绪去为别人服务肯定是一件好事,但如果从今往后每天都要对着今井田夫妇这样的人强颜欢笑、随声附和,那我说不定会被逼疯。我这样的人是无论如何也不能够进监狱的。突然想到了这件好笑的事。别说进监狱了,我就是连做女佣也干不来,更做不了别人的太太。不,太太这事儿不一样。如果真的打定主意要为这个人奉献一生,那么无论多么辛苦都能忍受,哪怕皮肤晒得黝黑也要努力劳作,因为从中能够充分感受到活着的意义,感受到希望,所以我也能做得很好。这点毋庸置疑。我会从早到晚像小白鼠那样不停地为他操劳。我会挽起袖子大洗特洗,因为看到很多脏衣物堆积在一起时最令人不舒服。会让人心情烦躁,让人歇斯底里般静不下心来。有种死不瞑目的感觉。当把所有脏衣服一件不剩都洗干净、搭到晾衣竿上晒好时,我会觉得这样就够了,什么时候死去都无所谓了。

今井田先生要走了,好像有什么事儿,带着妈妈一起去了。妈妈也真是的,满口"好的,好的"要跟着去,今井田更要不得,已经不是第一次为各种事利用妈妈了。今井田夫妇真是厚颜无耻,太讨厌了,好想揍他们一顿。我把大家送到门口,然后一个人呆呆地望着夕阳下的小路,很想哭。

信箱里放着晚报和两封信。一封是松坂屋①寄给妈妈的夏装新品导购的广告传单。另一封是顺二表哥寄给我的。这次他要调到前桥②的军团去。让我代他问妈妈好,简单的通知而已。作为军官,也无法期待生活会多么丰富多彩,但是每天严苛且毫不懈怠地起居。可是,我很羡慕这种生活规律。身体总是被各种规矩固定着,这样心理上应该会很轻松吧。

---

① 松坂屋,日本一家大型百货商店,始创于1611年。
② 前桥,日本群马县中南部城市,群马县县厅所在地。

像我这样，如果什么都不想干的话就可以甩手不干，无论多么坏的事情都可以肆意妄为，想要学习的话就有无穷无尽的时间可以用来学习，说到欲望就会觉得自己的大部分要求都能够实现，如果能有人从这儿到那儿给我划出明确的需要努力的界限，那我心里该会多么放松啊。把我结结实实地束缚住，我反而会感谢对方。某本书上说，在战地工作的士兵们只有一个愿望，那就是能够蒙头大睡一觉，士兵们的辛劳确实让人同情，但另一方面，我对此却羡慕得很。从恼人、烦琐且绕来绕去、不着边际的思虑的洪水中彻底抽离出来，就只是期盼着想要睡个好觉，这种状态实在纯洁又简单，只是想想都觉得痛快。像我这样的人，至少应该体验一次军队生活，狠狠地锤炼锤炼，那样或许能稍稍变成一个爽快美丽的姑娘。即使不过军队生活，也应该做个像小新那样真诚的人，可我却是一个极其恶劣的女人。我是个坏孩子。小新是顺二表哥的弟弟，年纪和我差不多大，可他怎么就那么好呢？在亲戚之中，不，在这个世界上，我最喜欢的就是小新。小新的眼睛看不见。小小年纪就双目失明，不知道是一种什么样的感觉？像这样宁静的晚上，一个人待在房间里，该是怎样一种心情呢？我们即使觉得寂寞，还可以读读书或是看看景色，多少还能排遣排遣，可是小新却无法这样做。只能默默地待着。他一直都比别人努力，拼命学习，网球打得很好，游泳也游得不错，可他是如何面对此时此刻的寂寞和痛苦的呢？昨天晚上我想起了小新，试着在床上闭着眼睛躺了五分钟。即便只是闭着眼睛躺在床上，五分钟也很长，心里觉得难受，小新却是不分白天黑夜，无论多少天多少个月，都看不到任何东西。如果他抱怨抱怨，发发脾气，使使性子，我还能开心一些，可是小新什么都没说。从没听小新发过任何牢骚，也没听他说过别人的坏话。不仅如此，他说起话来总是很阳光，一脸天真。这更加让我心痛。

一边想东想西，一边打扫客厅，然后去烧洗澡水。等洗澡水的工夫儿，我坐在蜜橘箱子上，借着微微燃烧的煤炭光亮把学校留的作业都对付完了。洗澡水还是没有热，所以又重新读起《濹东绮谭》①来。书上写的这些事实都绝非令人讨厌或肮脏之事。但有些地方作者的矫揉造作却很是显眼，不禁让人觉得有些陈旧且不可靠。是因为作者上了年纪的缘故吗？可是，外国的作家不管多大年纪，都还在更加大胆、甜蜜地爱着自己的对象。如此反而不会让人觉得讨厌。不过，

---

① 《濹东绮谭》，日本作家永井荷风（1879—1959）的长篇小说，1937年发表。围绕中年作家大江匡与私娼小雪的交往，刻画了当时日本私娼窟的人情世故。

在日本，这部作品难道不应该跻身优秀作品之列吗？在作品的底层，能够感受到出人意外的坦诚和静谧的达观，神清气爽。放眼望去，在这个作家的作品中，这算是最为老练圆熟的一部，我很喜欢。能感觉出来，这个作家是一个责任感极强的人。他极力坚守日本的道德，因此却反而表现出反抗之情，很多作品都给人一种离奇古怪的深刻印象。这是用情太深的人经常会有的一种癖好，总是把自己表现得比实际上还要坏，故意戴上邪恶魔鬼的假面，结果反而削弱了作品的力量。然而，这部《濹东绮谭》中却有着寂寞、坚定的强度。我喜欢。

洗澡水烧热了。打开浴室的电灯，脱下和服，把窗户全部开到最大，然后静静地在浴缸里泡澡。透过窗户望着珊瑚树的绿叶，一片一片的叶子吸收了电灯的灯光，璀璨明亮。天空中星星闪闪发光。不管看多少遍，总是星光闪烁。正仰在那里出神呢，忽然意识到了自己身体上黯淡的白色，故意不去看，可还是隐隐约约能感觉得到，切实地进到了视野中的某个地方。继续沉默着，不由觉得好像和小时候皮肤的白色不一样了。难以忍受。肉体兀自成长着，和我自己的心情没什么关系，这让我极其困惑。自己迅速长成了大人，而我面对这个自己却什么都做不了，真是悲伤。难道就只能顺其自然一动不动地看着自己长成大人吗？想永远拥有人偶娃娃那样的身体。哗啦哗啦搅动洗澡水,做出小孩子的样子,却还是提不起劲来。一时觉得从今往后好像再没了活下去的理由,心里难受。院子对面的空地那里传来一声"姐姐",别人家的孩子这带着哭腔的呼喊一下子击中了我的内心。他并不是在喊院子这边的我,可是我很羡慕这会儿那个孩子在哭着追赶的那个"姐姐"。要是也有弟弟这样追着我撒娇,哪怕一个也好,那我就不会这样一天天过得无精打采、没着没落儿。那样会越活越起劲的吧,我可以下定决心把一生都献给弟弟,一辈子照顾他。真的,无论多么痛苦都一定能承受得住。一个人在这儿瞎兴奋,继而觉得自己真是可怜至极。

  从浴缸里出来,不知怎的今夜对星星很是挂心,就走到院子里去。星星仿佛要坠下来。啊,马上就到夏天了。处处都有青蛙在叫。小麦簌簌地正在长粒儿。频频仰望夜空,每次都看到无数的星光闪耀。是去年的事儿吧?不,不是去年,已经是前年的事儿了。我蛮不讲理地说想去散步,结果爸爸虽然病着,还是和我一起出去溜达了。一直都很年轻的爸爸,教我用德语唱"君生到百岁,妾活九十九"① 这类的小曲,

---

① 日文为"おまえ百まで、わしゃ九十九まで",是一句日本谚语,意为"你要活到一百岁,我要活到九十九岁,夫妻二人白首偕老"。以妻子的口吻表达伉俪情深。

讲星星的故事，即兴作诗给我听，拄着拐杖，噗噗地吐着唾沫，一边眨着眼睛做惊讶状，一边和我一起走，真是个好爸爸。默默仰头望着星星，清清楚楚地想起了爸爸。自那时起，一两年已经过去，我渐渐长成了一个坏女孩，有了很多很多只属于我一个人的秘密。

　　回到屋里，坐在桌前，手托腮盯着桌上的百合花。味道真好。闻着百合花的香味，即便是就这么无所事事地待着，也绝不会产生肮脏的想法来。昨天傍晚散步走到了车站那里，往回走时从花店买来这枝百合，虽然只有一枝，却让我这里像换了个房间似的清爽起来，顺溜儿地拉开纸拉门，一下子就能感觉到百合的香气，实在是太棒了。就这样一动不动地盯着看，真觉得比所罗门的荣华①还要好，我用真实的肉体感觉验证了这一点。忽然想起了去年夏天的山形②。去山里时，在那悬崖的半山腰上绚烂地盛开着数不清的百合花，一时惊艳，看得入迷。但我知道根本爬不上那陡峭的悬崖，所

---

① 所罗门（Solomon），古代犹太王国的第三任国王，约公元前961年至公元前922年在位。通过对外通商等发展经济，在首都耶路撒冷广修神殿和宫殿，缔造出人称"所罗门的荣华"的黄金时代。《马太福音》第6章29："然而我告诉你们：就是所罗门极荣华的时候，他所穿戴的还不如这花一朵呢！"
② 山形，日本东北地区偏西南部的一个县，临日本海。县厅所在地是山形市。

以不管多么喜欢都只能远远看着，别无他法。那会儿近处刚好有一个不认识的矿工，他默不作声一鼓作气攀上悬崖，眨眼的工夫儿就给我折回来一大捧百合花，多到两只手都要抱不过来了。然后他连笑也没笑一下，把那些花都塞到我的手里。那可真是一大捧呢，太多了。不管是在多么豪奢的舞台或是结婚典礼上，从来都没有人得到过这么多花吧。那时我第一次体会到了"晕花"的滋味。我张开双臂，好容易才把那捧硕大的雪白花束抱住，结果根本看不到前面了。真是个好心人，那个年轻、老实的矿工真心让人感动，现在他怎么样了呢？去危险的地方给我采来了花儿，只是这样一件事，却让我在看到百合的时候就一定会想起矿工。

打开桌子的抽屉乱翻一气，找到了去年夏天的扇子。白纸上画着一个坐姿随便的元禄时代①的女人，她的旁边还添上了两只青青的酸浆果。经由这把扇子，去年夏天的事情如烟雾般一下子冒了出来。山形的生活，列车内，浴衣，西瓜，河流，蝉，风铃。突然间很想拿着这把扇子去坐火车。打开扇子时的感觉可真好。哗啦哗啦摊开扇骨，忽然变得轻飘飘的。正滴溜溜地拎在手里玩儿呢，妈妈回来了。她心情不错。

---

① 元禄时代，江户幕府第五代将军德川纲吉统治时的盛世时代，特指元禄年间（1688—1704）前后的时代。

"啊，累死了，累死了。"她这样说着，脸上却没有那么不愉快的样子。她喜欢管别人的事情，也是没办法。

"怎么说呢？事情比较麻烦。"她边说边换了衣服去洗澡。

洗完澡以后，和我一起两个人坐着喝茶，忽然奇怪地嘿嘿笑起来。我正想妈妈要说什么呢，就听她说道："前些天你不是一直说想看《赤脚少女》①吗？真那么想去的话，就去看好了。作为交换，今天晚上你给妈妈按摩一下肩膀吧。干完活儿再去看会觉得更开心，对吧？"

我高兴得不得了。我是很想看《赤脚少女》这部电影，但最近我除了玩儿就没干别的，所以有些心虚。妈妈全都看在眼里，就安排我干点事儿，好让我能够大摇大摆心安理得地去看电影。真心高兴，好爱妈妈呀，我自然地笑起来。

感觉已经很久没和妈妈两个人这样共度夜晚的时光了。因为妈妈的应酬非常多。估计妈妈也是不想被世人看低，所以对各种事情一直都很努力。就这样揉着肩膀，妈妈的疲劳

---

① 《赤脚少女》（*Marysa Maryscha*），捷克斯洛伐克电影，导演是约·罗文斯基（Josef Rovenský, 1870—1937），1935 年上映。讲述了斯洛伐克村庄中一个少女的悲恋故事。

传递到我身上，我真切感受到了妈妈的不易。要好好对待妈妈。刚才今井田在的时候，我还对妈妈暗暗抱怨过，想来真是羞愧。"对不起。"我嘴里面小声地嘟囔着。我总是只考虑自己，只关心自己，和妈妈相处时打心底里就会恃宠生娇，态度粗暴。那些时候妈妈心里该是多么痛苦啊，可自己却总是拒绝妈妈。自从爸爸去世，妈妈真的软弱了很多。我自己总是嚷嚷痛苦难受，完全依赖着妈妈，可是如果妈妈稍微依靠一下我，我会觉得像是看到了讨厌的脏东西，这种想法实在太过任性。妈妈也是，我也是，同样都是软弱的女人。从现在开始，我要满足于和妈妈两个人相依为命的生活，时时为妈妈设身处地地着想，和她聊聊以前，聊聊爸爸，哪怕只有一天也好，要努力过以妈妈为中心的生活，要从中充分地感受到生存的价值。虽然在心里很关心妈妈，想要当一个好女儿，可是表现在言行上，我就只是一个任性的小孩子。而且，最近的我甚至不再像小孩子那样干净纯洁，净是些肮脏羞耻的事情。痛苦啦，烦恼啦，寂寞啦，悲伤啦，这些到底是什么呢？确切地说，就是死亡。尽管知道得很清楚，可是哪怕简短地描述一下时，与之相似的名词或形容词却是一个都说不出口，不是吗？一味地惊慌失措，末了就大发脾气，搞得煞有介事似的。以前的女人总被说成是奴隶，是无法顾及自身的蝼蚁,是人偶,很难听,可是和现在的我比起来,她们更有正面意义上的女人该有的样子,内心从容,聪明睿智,懂得如何爽快地接受并通过隐忍服从的方式生活下去,知道纯粹的自我牺牲是大美,也完全明白不求回报的奉献之喜悦。

"啊,真是个不错的按摩师。很有天分呢。"妈妈像往常一样逗我玩儿。

"是的吧?我可是全心全意地在按呢。不过,我擅长的可不只是这个,可不是只会按摩这两下子。只会做这个的话心里可不踏实。我还有更好的本事呢。"

我直接把心里在想的事情坦率地讲出来,这些话在我的耳边也形成了清新的回响,这两三年以来,我都没能像今天这样天真伶俐地讲过话。只有在认清自己的本分并做到释然之后,一个平静的全新的自己才会诞生,或许是这样的吧,我开心地想着。

今天晚上,我在各种意义上对妈妈表示感谢,按摩结束后又附赠了一项服务——为妈妈读点儿《爱的教育》[①]。知道

[①]《爱的教育》(*Cuore*),意大利作家埃迪蒙托·德·亚米契斯(Edmondo De Amicis, 1846—1908)创作的长篇日记体小说,首次出版于 1886 年。以日记的形式,写小学四年级学生安利柯在一个学年里的生活。

我在读这样的书，妈妈脸上露出了放心的表情，可前些日子发现我在读凯赛尔的《白日美人》①时，妈妈悄没声儿地从我这里把书没收过去，瞥了一眼封皮，脸上表情很是阴暗，到底还是没说什么，立刻又把书还了回来，但我已经不高兴了，再没有心情继续读下去。妈妈应该没有读过《白日美人》，尽管如此好像还是靠直觉洞察到了。安静的夜里，我一个人出声地读《爱的教育》时，自己的声音听起来特别愚蠢，读的过程中偶尔会觉得无聊，真是愧对妈妈。周围实在太过安静，所以这愚蠢就愈加明显。《爱的教育》嘛，无论什么时候读，都一样会感受到小时候阅读时获得的那份感动，一点儿都没变，仿佛自己的心灵也因此变得率真纯净起来，还真是挺不错的。可是，高声朗读和用眼睛默读这两种感觉的确很不一样，让人惊讶，简直让人受不了。但是，妈妈在听到安利柯和卡隆那些地方时，竟低下头哭了起来。我的妈妈也和安利柯的妈妈一样，是一位优秀、美丽的母亲。

妈妈先去睡了。今天从很早就在外面奔忙，想来应该是很累了。我帮妈妈铺好被子，噗噗地拍打被子底部。妈妈总

---

① 约瑟夫·凯赛尔（Joseph Kessel，1898—1979），法国记者、小说家、法兰西学院院士。《白日美人》（*Belle De Jour*）是一部描写女性肉体与灵魂之纠葛的小说，发表于 1929 年。

是一上床就立马闭上眼睛。

　　我又到浴室里去洗衣服。最近养成的怪癖,快到十二点时才开始洗衣服。大白天里哗啦哗啦洗衣服消磨时间会觉得很可惜,不过其实可能正相反也未可知。透过窗户能看到月亮。我蹲下来吭哧吭哧搓洗衣服,偷偷地对着月亮笑了笑。月亮一副漠不关心的样子。我忽然觉得,在这同一个瞬间,在某一个地方也有一个可怜寂寞的女孩,同样也在这样洗衣服的时候对着这月亮偷偷地笑了,确实笑了。对此,我深信不疑。那是在遥远的乡村山顶上的一户人家,现在正有一个苦命的女孩,深夜默默地在后门那里洗着衣服。还有,在巴黎陋巷里一所肮脏公寓的走廊边上,也有一个和我年纪相当的女孩,正一个人悄悄地洗着衣服,对着月亮仰脸笑着。这些都是千真万确的,就像用望远镜亲眼看到了一样,连那色彩都非常鲜明、清晰地浮现出来。我们大家的痛苦,其实根本无人知晓。将来有一天长成大人,或许会不以为然地追忆往事,认为我们的这些痛苦和寂寞都非常可笑。可是,可是,完全长成一个大人之前的这段漫长且令人讨厌的时间,到底该怎样度过才好呢?没有人会教我们。难道这就像是麻疹那样的疾病,只能放任不管吗?但麻疹是会死人的,还有人因为麻疹眼睛瞎掉了。置之不理是不行的。我们就这样每天郁郁寡欢，或是大发脾气，慢慢地有人会失足走上歧路，堕落，造成无可挽回的遗憾，乱七八糟地过完一生。还有人一咬牙自杀身亡。到了那种地步以后，世人会万分惋惜地说："啊，明明再多活上些时日就会明白的，再稍微长大些自然而然就明白了。"可对当事人本人来说，虽然特别特别痛苦，还是一直忍到了极限，竖起耳朵拼命想听世人会如何说，可世人只是在重复说些无关痛痒的训诫，只会说些"好啦，算了吧"这样的劝诫，我们总是羞耻地一尝再尝承诺落空的滋味。我们绝不是只顾眼前的享乐主义者，可是如果你指着极远处的那座山和我们说"走到那里的话，景致会特别好"，是，我们也知道，你这话一点儿都没错儿，肯定是你说的那样，但明明现在我的肚子正疼得厉害，你却对这疼痛视而不见，只是一味教我说："喂喂，再稍微忍一下，走到那座山的山顶那里就好啦。"肯定有人错了。是你不好。

　　洗完衣服，把浴室打扫干净，然后悄悄地拉开房间的纸拉门，百合的香味传来。神清气爽。连心灵深处都清澈起来，这状态可以用"崇高的虚无"来形容。静静地换好睡衣，之前一直以为妈妈是在安安稳稳地睡着呢，这时候突然就那么闭着眼睛说起话来，吓我一跳。妈妈时不时地就会这样吓唬我。

"你说想要一双夏天的鞋子,今天我去涩谷①,顺道看了一下。现在的鞋子也真贵呢。"

"没事儿,我也不是那么想要了。"

"不过,没有的话还是不方便吧?"

"嗯。"

明天也还是同样的一天吧。这一生,幸福都不会来。我很清楚。可是,还是相信着"一定会来,明天就会来"这样睡去更好吧。故意弄出很大的声响躺倒在被子上。啊,真舒服。被子冷冷的,所以后背凉凉的,刚刚好,不知不觉发起呆来。"幸福迟到了一个晚上。"迷迷糊糊地想起了这样一句话。一直在等待幸福,等啊,等啊,终于没能等到最后就跑出了家门。第二天,一个巨大的幸福的讯息送到了这个惨遭弃置的家里。已经晚了。幸福迟到了一个晚上。幸福……

院子里响起可儿的脚步声。啪嗒啪嗒啪嗒啪嗒,可儿的脚步声很有特色。它右前腿稍短,而且前腿是〇形罗圈腿,所以脚步声也带有寂寞的特征。在这样的夜深人静的时候,可儿经常在院子里走来走去,是在干什么呢?可儿真可怜。今天早晨我对它很不好,明天要宠宠它。

---

① 涩谷,日本东京的一个区,涩谷站附近是东京首屈一指的繁华地段。

我有一个可悲的毛病，必须得用双手紧紧地盖住脸才能睡着。于是把手盖在脸上，一动不动地躺着。

坠入睡眠之前的感受很是奇怪，就像是鲫鱼或鳗鱼在不断地用力拖钓丝那样，某种沉重又麻木的力量在使劲儿用线拽着我的脑袋，当我迷迷糊糊快要睡着时，它又稍微松了松线。于是我一下子恢复了意识。它又使劲儿拉紧。我迷迷糊糊地睡着。然后稍微松了松线。如此重复了三四次之后，才又使个大劲儿一拉，这次一觉到天亮。

晚安啦。我是一个没有王子的灰姑娘。我住在东京的哪个地方，你知道吗？我再也不会见到你了。

叶樱与魔笛

　　每到这樱花飘散之后绿叶新绽的叶樱①时节，我就一定又会想起来——那位老夫人说的——那是三十五年之前的事情了，那个时候父亲还健在，我们一家人，说是一家人，可母亲早在七年前我十三岁的时候就去世了，而后家里剩下父亲、我，还有妹妹三个人相依为命，在我十八岁、妹妹十六

---

① 叶樱，樱花树樱花散落之后开始长出嫩叶时的状态。

岁那年，父亲被派到岛根县①临日本海的一座人口两万有余的城下町②任中学校长，到任之后没租到合适的房子，在城郊离山林很近的地方孤零零地建有一座寺庙，就在那里租了两间远离主殿的偏屋住着，一直住到第六年父亲调到松江的中学去任职。我是来松江以后才结的婚，是在二十四岁那年的秋天，在当时来看算结得很晚的了。母亲死得早，父亲又是那种顽固的学者脾气，对于世俗诸事一窍不通，要是我不在，家务都没人料理，根本行不通。我很清楚这一点，所以虽然在那之前也有人来提过几次，但我却压根儿没有想过会为了嫁到别处去而不惜抛弃家人。如果妹妹能健健康康的话，至少我也能稍微轻松一点儿，可是妹妹和我不太像，长得非常漂亮，头发也很长，还很有才华，是一个讨人喜欢的孩子，但就是身子很弱，在父亲调到那个城下町之后的第二年春天，在我二十岁、妹妹十八岁的时候，妹妹死了。现在说的就是那个时候的事情。在那之前妹妹就已经长时间身体不适。是一种很严重的叫肾结核的病，等到发现的时候，据说两个肾脏都已经像被虫子蛀过那样，医生也和父亲明确说了活不过

---

① 岛根县，日本本州西部、临日本海的一个县，多山地。县厅所在地是松江市，位于岛根县东北部。
② 城下町，日本武士执政时代以领主的居城为中心发展起来的市镇。

一百天。应该是已经到了完全束手无策的地步。一个月过去了，两个月过去了，很快就到第一百天，可我们只能眼睁睁地看着。妹妹毫不知情，精神出乎意料地好，虽然一天到晚躺在床上，却还会开朗地唱唱歌，开开玩笑，跟我撒撒娇。一想到再过个三四十天她就会死去，想到一定会是这样时，我就难以自已，周身如针扎般地痛苦，简直要疯掉。三月，四月，五月。是的，是五月中旬，我不会忘记那个日子。

原野和山林都是一片新鲜绿色，天气温暖得让人想脱光衣服，对我来说这些新鲜的绿色太过闪耀，眼睛被晃得生疼。我独自一人满腹心事，一只手插在和服腰带的缝隙里，低着头走在乡间小路上，想啊，想啊，净是些痛苦的事情，简直喘不过气来，一边走身体忍不住抽搐起来。"咚——""咚——"仿佛是从极乐净土那边传来的一般，从那春天大地的最深处传来了响声，有些模糊，但幅度却大得惊人，就像有人在地狱之底敲打着硕大无比的太鼓，令人惊惧的响声不断传过来，我不知道那恐怖的声音到底是什么，还以为自己不会是真的已经疯了吧，身体直接僵在那里动弹不得，猛然间哇地大喊一声，再也站立不住，一屁股坐在草地上，号啕大哭起来。

后来才知道，那可怕的奇怪响声是日本海大海战①时军舰上的大炮发出的声响。东乡大将发出命令，一举歼灭了俄国的波罗的海舰队，彼时双方战得正酣。正好就是那个时候呢。马上又要到今年的海军纪念日②了。火炮那非常可怕的声响也传到了海岸边上的那座城下町，估计城里的人们都会觉得已无生路可逃了吧。而我却对那些浑然不知，一个劲儿在为妹妹的事情烦恼不已，处于半疯癫的状态，觉得仿佛听到了不祥的地狱鼓声，久久地在草地上埋头哭泣。快要天黑时，我终于站起身来，行尸走肉般恍恍惚惚地走回寺里。

"姐姐。"是妹妹在叫我。最近妹妹也是消瘦得厉害，没什么力气，看样子她也隐隐约约知道自己将不久于人世，不再像之前那样跟我提很多无理要求，不再任性撒娇，这让我更加难受。

"姐姐，这封信什么时候到的？"

我一下子惊呆了，明显意识到自己的脸上已经没了血色。

---

① 日本海大海战，1905年5月27日至28日，日俄两国在对马海峡进行了一场日俄战争中最大的海战。日本海军大将东乡平八郎指挥的联合舰队对阵俄国海军中将罗兹德文斯基指挥的俄国波罗的海舰队。日方大获全胜，掌握制海权。
② 海军纪念日，5月27日，旧日本海军为纪念日俄战争中对马海战的胜利而设的纪念日。第二次世界大战结束后废止。

"什么时候到的?"妹妹不动声色地问。我打起精神说:"就刚才。你那会儿正睡着。你是笑着在睡呢。我悄悄给你搁在枕头边上的。你没察觉吧?"

"啊,真的没察觉。"暮色逼近,昏暗的屋子里妹妹笑着说,"姐姐,我读过这封信了。真奇怪。是一个我不认识的人写的呢。"

怎么会不认识呢?我早就认识写信的那个名为M.T的男人。了解得一清二楚。不,我并没有见过他,五六天之前我悄悄整理妹妹的衣柜,就是那个时候,在一个抽屉深处发现了一捆书信,用绿色丝带扎得结结实实地藏在那里,我知道那样做不好,但还是解开丝带偷看了。一共约有三十封信,全部都是那个M.T先生寄来的。不过在信封上并未写有M.T先生的名字。而是明明白白写在信里面。在信封上寄信人那里写着多个女性的名字,全部都是确有其人的,是妹妹朋友的名字,所以我和父亲做梦都没有想到她竟和一个男人通了这么多次信。

那个叫M.T的人一定是小心谨慎地从妹妹这里问到了很多她朋友的名字,然后陆陆续续用这些个名字寄信过来。我料定就是这样,为这俩年轻人的胆大之举暗暗咋舌,要是让严厉的父亲知道了,还不知道会发生什么事呢。想想就怕得打冷战，不过，按照日期一封一封读下来，我竟忍不住开心地兴奋起来，不时会被那些过于痴傻的描述逗得窃笑，到最后就连我也觉得，一个广大的世界正在自己的面前展开。

那时候我也才满二十岁，也有许多年轻女子无法说出口的苦楚。我飞快地读着那三十多封信，内心如有溪流在奔腾，等读到日期为去年秋天的最后一封信时，我不由得站起身来，犹如五雷轰顶，说的就是那种感受吧。惊得几乎要跌倒在地。妹妹的恋爱并不仅仅是精神上的，已经发展到了更加丑恶的程度。我烧掉了信。一封都没留。M. T好像是一个贫穷的和歌诗人，就住在那座城下町里，非常卑鄙的是他得知妹妹的病情后马上就抛弃了妹妹，"我们还是忘了彼此吧"，满不在乎地在那封信上写下这些残酷的话，看情形好像自那之后便再没有寄信过来，所以，只要我也保持沉默，一辈子都不对人提起，那么妹妹就能以纯洁的少女之身离开人世。没有人会知道，我把痛苦全都压在心里，可是当我一旦知道了真相之后就愈加觉得妹妹可怜，种种奇怪的幻想也都在脑中浮现，我自己感到心如刀割，那种难受的心情很是令人不爽，只有那个年纪的女性才能体会得到那种痛苦，简直是人间地狱。仿佛遇上这惨痛体验的人是我自己，我兀自沉吟着，烦恼不已。那段时间我自己也确实有些不正常了。

"姐姐，读读看吧。这是怎么一回事呢，我完全不清楚。"

我打心里觉得妹妹这样耍滑头很是可恨。

"可以读吗？"小声地问了一句，从妹妹手里拿过信来时，我的指尖颤抖，不知如何是好。其实不需要打开来读，我早已对这封信的词句了然。但我必须装作不知情的样子继续读下去。信上是这样写的。我无须好好看信，就那样出声地读了起来。

今天我要向你道歉。我之所以忍到今天一直没给你写信，全都是因为我缺乏自信。我贫穷又无能。实在不知该拿什么奉献给你。有的只是言辞，那些言辞之中并无半分谎言，可是除了言辞以外竟无一物可以证明我对你的爱，我讨厌自己的这种无能。我一天都不曾忘记过你，就连做梦的时候都不会忘记。但是我没有什么能够奉献给你。因为这份痛苦，我决定要和你分手。你的不幸愈甚，我的爱情愈深，我也就愈加难以靠近你。你是否明白？我决不是在敷衍搪塞。我把这解释为是我自身具有的正义的责任感使然。但是，那样做是我错了。我的的确确做错了。向你道歉。那不过是我个人欲望膨胀的表现而已,在你面前,我太想成为一个完美的人了。事到如今,我相信,既然我们如此孤单如此弱小,既然我们没有别的选择,哪怕有的只是言辞,我也要诚心诚意地献给你,这才是真正谦逊美好的生存方式。我常常会想,我必须尽自己最大的努力去做到这一点。不管是何等小事都没关系。即使要送你的只是一朵蒲公英,我也一定会大大方方地拿出来,这才是最勇敢的男人该有的气概。我不会再逃避。我爱你。每天每天都要写和歌送给你。从今往后,我每天都会在你院墙的外边吹口哨,我要吹给你听。明天晚上六点我就过来吹《军舰进行曲》①。我口哨吹得可棒了。现在,凭我的力量轻轻松松就能为你做的,也就这件事儿了。你可不要笑我。不,还是开怀大笑好了。请一定要好好的。上帝正在某个地方看着呢。这一点我深信不疑。你,我,我们都是上帝的宠儿。我们一定能够走向美满的婚姻。

盼望着,盼望着,待到今年桃花又开。但闻莹白似

---

① 《军舰进行曲》,旧日本海军的军乐进行曲,濑户口藤吉作曲、鸟山启作词,1900年编成。日俄战争到二战期间在日本广为流传。二战后日本海上自卫队仍在演奏该进行曲。

雪，灼灼红色何来？①

　　我正在用功学习。一切都会好起来的。就此搁笔，明日再叙。M. T。

　　"姐姐，我都知道的。"妹妹用清脆悦耳的声音嘟囔着，"谢谢你，姐姐，这封信是姐姐写的，对吧。"

　　我羞得无地自容，把那封信撕得粉碎，忍不住想胡乱地拉拽自己的头发。"坐立不安"这个词指的应该就是彼时我的那种感受吧。是我写的。看着妹妹那么痛苦，我实在于心不忍，就决定自此每天都模仿M. T的笔迹写一封信，绞尽脑汁创作蹩脚的和歌，还要在晚上六点钟的时候偷偷跑到院墙外边去吹口哨，一直到妹妹死去那天为止。

　　真是羞愧，竟然还要写那么蹩脚的和歌，实在是羞愧至极。悲伤让我无暇他顾，面对妹妹，我一时竟不知该如何回答。

　　"姐姐，你无须为我担心的。"妹妹出奇地镇定，微微笑着，美得近乎崇高，"姐姐，你看过那些用绿丝带捆着的信

---

① 信中M. T送给妹妹的和歌，日语原文为："待ち待ちて　ことし咲きけり　桃の花　白と聞きつつ　花は紅なり。"

了吧?那些都是骗人的。我因为太过寂寞,从前年秋天就开始给自己写信,再投到信箱里寄给自己。姐姐,请你不要瞧不起我。青春真的是非常宝贵的。自从得病以后,我清清楚楚认识到了这一点。自己给自己写信这事,很低级。让人不齿。愚蠢。要是我真能大胆地和某位男子交往该有多好。我想让他紧紧抱住我的身体。姐姐,到今天为止,不要说恋人了,我甚至从未和别的男人说过话,一次都没有。姐姐也和我一样。姐姐,我们错了。我们太乖了。啊,好讨厌死亡啊。我的手,我的指尖,我的头发,都太可怜了。我不要死掉。不要。"

我百感交集,又是悲伤,又觉得害怕,既高兴,又羞愧,分不清究竟是何感受,我把自己的脸颊紧紧贴在妹妹瘦削的脸颊上,已是泪流满面,静静地抱着妹妹。就在这时,啊,我听到了。声音低沉幽微,但的确就是《军舰进行曲》的口哨声。妹妹也用心倾听着。一看表,啊,刚好六点钟。一股难以形容的恐怖袭来,我俩使劲儿抱住对方,动也不动,侧耳倾听着从院子里那叶樱深处传来的不可思议的进行曲。

上帝无所不在。一定是有的。我相信。妹妹在三天之后死了。医生侧首表示难以置信。可能是因为妹妹去得太安静太快的缘故吧。但那个时候我却并不觉得意外。我相信一切都是上帝的旨意。

现在嘛,——说来惭愧,上了年纪之后各种各样的物欲也逐渐变多。可能是信仰稍稍淡薄些了吧,有时候我会莫名其妙地怀疑,那口哨或许是父亲搞的鬼也说不定呢。有时我会想,是他从学校下班回到家,在隔壁房间偷听到了我们的对话,觉得于心不忍,于是这位严苛的父亲就自导自演了此生唯一一次骗局。可是,也有可能不是那样的,对吧。假如父亲还在世,或许还能问问,但父亲也已经离世有将近十五年了。不,说到底应该还是上帝的恩赐吧。

我很想就这样相信并安心度日。可是,随着年龄渐长,物欲渐增,信仰也逐日淡薄起来,实在是糟糕。

皮肤与心

　　扑哧一下，发现左乳下方冒出了一个红豆粒儿状的小疙瘩。仔细一看，在那个小疙瘩四周也满布着细小的红疙瘩，稀稀落落的，就跟喷过雾似的，但那时候还一点儿也不痒，没什么感觉。心里膈应，在浴室里用毛巾使劲儿搓洗乳房下面，都快搓破皮了。这招儿好像不太管用。回家后坐在梳妆台前，敞开前胸一照镜子，心中直呼可怕。从澡堂到我家，走路用不了五分钟，就这会儿工夫，从乳房往下一直到肚子那里，两个巴掌大小的面积上通红一片，就像熟透的草莓，我仿佛看到了地狱图景，四周一下子阴暗下来。自那时起，我不再是之前的我了。觉得自己再没个人样。所谓神志不清，说的应该就是这种状态吧。我久久地坐着，精神恍惚。暗灰色的积雨云翻滚着裹在我的周围，我离之前的世界越来越远，所有的响动到我耳中都变得幽微模糊，从那一刻起，我坠入了大地之底，每时每刻都那么沉闷阴郁。我盯着镜中的裸体看了好久，就跟刚开始下雨时那样，吧嗒，吧嗒，红色的小疙瘩这儿那儿地冒出来，脖子周围、胸前和腹部都是，看情形甚至已经蔓延到了后背那里，拿两面镜子对起来照着后背一看，白皙的后背斜面上像被撒满了红色的霰粒，已经长得满满的，我不禁捂起脸来。

"长了些这东西。"我让我老公看。那时候正好是六月初。老公穿着短袖衬衣加短裤，看起来今天的工作也大致已经结束，正无所事事地坐在工作桌前吸烟。他起身过来，让我转过来又转过去，皱着眉头仔细地看，有时候还用手指试探着摁一摁。

"痒不痒？"他问。我回答说："不痒。完全觉不出什么。"老公侧着头想了想，然后让我站到走廊中夕阳照得很亮的地方，围绕裸体的我团团转，继续细致地查看着。一遇到我身体的事儿，老公总是照顾得非常周到，甚至有些太过用心了。

他特别不爱说话,但是一直很爱护我。这个我很清楚,所以虽然就这样被叫到走廊的明亮处去,赤身裸体被东转西转,摆弄来摆弄去被猛看一通,我反而觉得像是在向上帝祈祷时那样心平气和,多么地安心哪!我站在那里轻轻地闭上了眼睛,真想就这样一直闭着,到死都不要睁开。

"还真看不出来哪。如果是荨麻疹的话,应该会痒啊。不会是麻疹吧?"

我可怜兮兮地笑了笑,边整理衣服边说:

"难不成是米糠引起过敏了?每次去澡堂,我都一个劲儿地搓洗前胸和脖子来着。"①

有可能是吧。应该是那个原因吧。老公去药店买回来一管黏糊糊的白色药膏,默不作声地用手指给我抹到身上,简直要揉到皮肤里面去似的。身体一下子凉快起来,心情也稍微放松了些。

"不会传染吧。"

"千万别担心。"

虽然这样说,可他那悲伤的情绪——当然,是因为我而

---

① 日本人以前把米糠装入布袋中,称为"糠袋",洗澡时用来清洗面部和身体,作用类似于肥皂。明治时代肥皂出现以后,使用糠袋的习惯仍旧保留下来,一直沿用到大正时代。

悲伤——从他的指尖传递过来，震动着我那腐烂的胸口。啊，真想快点儿好，我打心里这样想。

老公一直小心谨慎地关心着我丑陋的容貌，对我脸上一个又一个可笑的缺点，即使是在开玩笑的时候都从未触及过。他真的是丝毫未曾嘲笑过我的长相，有时候会心情舒畅、一心一意地对我说："长得很好看哪。我很喜欢。"

冷不丁听到他说这话，有时候我就会慌神，手足无措。我们才刚结婚不久，是今年三月份结的。我俩懦弱又穷困，非常不好意思，以至于在我听来连"结婚"这个词都非常刺耳且轻浮，无法若无其事地说出口。首先，我都已经二十八岁了。长得又这么丑，不好找对象，在二十四五岁之前，也曾有人给我说过两三次媒，但谈着谈着就告吹，谈着谈着就告吹，因为我家根本不是什么有钱人家，母亲独身一人带着我和妹妹，三个人过活，一家子都是女人，非常弱势，完全不敢奢望能有什么好姻缘。那不过是一个贪婪的美梦罢了。二十五岁时，我痛下决心。哪怕一辈子都不结婚，我也要帮着母亲把妹妹养大，以此作为自己活着的全部意义。

妹妹和我相差七岁，今年要满二十一岁了，长得很漂亮，慢慢地也不再任性，眼看着长成了一个好孩子，给妹妹招一个优秀的女婿来继承家门，然后我就可以出去自谋出路。在那之前，家里的生计、应酬等一切都由我一力承担，我要守住这个家。这样下定决心之后，此前内心纷纷扰扰的那些烦恼全部消散殆尽，痛苦和寂寞也都无影无踪，我在做家务之余刻苦学习西式裁剪，慢慢也能接到一些给附近孩子们做西装的活儿，就在我快摸到可供将来自食其力的饭碗的时候，有人过来向我介绍他。前来说媒的这位称得上是我死去父亲的恩人，于我家有恩，因此不好一口回绝。听恩人介绍说，对方只有小学毕业，父母都不在了，也没有兄弟姐妹，是我父亲的这位恩人给捡来，从小照顾着长大。当然，对方也不可能有什么财产，三十五岁，是一个有些手艺的图案设计工。收入嘛，有的月份能挣到两百日元，甚至更多，也有的月份会分文不入，平均起来一个月七八十日元的样子。

再有就是对方并不是初婚，曾和喜欢的女人一起生活过六年之久，前年因为某些原因离婚了。在那之后，他觉得自己也就是小学毕业，没有学历，也没有财产。慢慢地，年纪也大了，不敢指望还能正儿八经地结婚，干脆一辈子不再娶妻，打算逍遥自在地过下去，就一直以鳏夫之身度日。我父亲的恩人开解他说这样不好，会被人们当成怪人看待，还是要尽快再娶，况且这事儿已经有些头绪了。恩人对着我们掏心掏肺地说着，彼时我和母亲对视了一下，觉得很为难。

这真是一桩一无是处的亲事。我再怎么大龄，再怎么丑，却从没犯过什么错儿，如果不是这样的人，难道我就真嫁不出去了吗？刚开始的时候很生气，然后又觉得悲凉。我只能回绝。可是不管怎么说来提这事儿的是我父亲的恩人，于我家有恩，母亲和我都觉得必须在不把关系闹僵的前提下回绝才好，就这样磨磨蹭蹭的工夫，我忽然可怜起那个人来。

他一定很善良。我也不过是女子中学毕业，说不上有学问。也不可能拿得出多少陪嫁钱。父亲也不在了，没什么家私。还有，大家也都看到了，我长得还这么丑，正经算是个老阿姨了，我这边也是一无是处。或许我俩正是一对般配的夫妻。我到底是不幸的。拒绝的话，肯定会和父亲的恩人闹得很不愉快，还是答应了吧。这样想着渐渐转了心意，说来羞愧，脸上竟微微发热，心里浮躁起来。母亲一脸担心地问："孩子，真的可以吗？"便再也说不出话来，于是由我直接向父亲的恩人做出了确定的答复。

婚后我很幸福。不，应该说是果然很幸福。或许以后会受到惩罚的吧。我得到了很好的照顾。老公这人性子软，而且看情形像是被之前那个女人抛弃的，所以更是一副唯唯诺诺的样子，凡事都没有自信，真让人着急，长得又瘦又矮，还一脸的寒酸相。他对工作非常热心。我万万没想到的是，有一次不经意间瞥见了他设计的图样，觉得很眼熟。多么奇妙的缘分。我找他确认了此事。在那一刻，我第一次找到了和他恋爱的感觉，内心雀跃。银座①那家著名化妆品店的藤蔓蔷薇纹样的商标就是他设计的。不仅如此，那家化妆品店售卖的香水、香皂、香粉等商品的商标设计，还有报纸广告等，用的基本上都是他的图样。

　　从十多年前开始，那独具特色的藤蔓蔷薇纹样就已经成为那家店的专属商标，还有海报、报纸广告等，基本上都是他一个人画出来的，时至今日就连外国人都认得那藤蔓蔷薇的图样。即使不知道那家店的名字，但藤蔓蔷薇典雅地绕在一起构成的图案却极具辨识度，不管是谁，只需见过一次，便会记在心里。我也是如此，记得是在女校上学时就已经知道那藤蔓蔷薇的图样。很奇妙，我深受那图样吸引，从女校毕业之后，我所有的化妆品都还是用的那家化妆品店的，也算得上是忠实支持者。可是我从来没有考虑过那藤蔓蔷薇纹样的设计者会是谁，一次都没有。说起来也真够糊涂的，但不仅仅是我，人们都是这样，即使看到了报纸上的精美广告，也不会想到要去问问设计者的情况。图案设计者真的就是在

---

① 银座，东京都中央区的地名，全日本首屈一指的繁华街区。

背地里卖力气，为他人作嫁衣裳。

我也是在嫁给他好一阵子之后才发现的。知道这件事之后，我高兴得直嚷嚷："我从上女校时起就非常喜欢这个纹样。原来是老公你画的呀。好开心。我可真幸福。早在十年之前远远地就和你结下缘分了。看来注定是要嫁过来的呢。"

"不要取笑我了。干的就是些匠人活计。"看我这么兴奋，老公红了脸说。他看起来是真心觉得羞愧，眼睛不停地眨着，然后有气无力哼笑一声，脸上现出悲伤的表情。

他总是这样贬低自己，我根本没想那么多，倒是他自己对学历、二婚、长相寒酸这些非常在意，一直都放不下，真要这样的话，那像我这样的丑女又该如何自处呢？夫妻俩都没有自信，提心吊胆的，双方脸上都堆满了羞愧的皱纹，他偶尔也想让我对着他努力地撒撒娇，可我已经是一个二十八岁的老阿姨了，长得还这么丑，再加上看着他那不自信的卑微样子，我也不自觉地被传染了，于是变得格外拘束起来，无论如何都没法天真可爱地撒娇。我心里对他很是爱慕，回应起来却反而异常地庄重和冷漠，这样一来，老公也觉得不舒服。我很明白他的感受，却因此更加放不开，完全像对待陌生人那般见外。他好像也很能体察我的不自信，有时会平白无故笨拙地称赞起我的容貌或是和服的花纹，我明白他的好心,所以一点儿也高兴不起来,只觉得心内郁结,难受得想哭。

他人很好。之前那个女人的事情,他真的从未透露过一星半点儿。托他的福,我也总是记不起这茬儿。这个房子也是我们结婚之后新租的,他之前一个人住在赤坂①的公寓里,他一定是不愿留下不好的记忆,再者也是出于对我的体贴,把以前用过的那些家具一件不留全部卖掉,只带着工作用具搬进了筑地②这个家里,我手头有一点儿母亲给的钱,确实不多,两个人慢慢添置了些家具,被褥和衣柜都是我从本乡③的娘家那边带过来的,没有留下半点儿先前那个女人的影子。我至今都无法相信他曾经和我之外的女人一起生活了六年之久。

说真的,如果他扔掉那些没用的自卑,如果他能更加粗鲁地吼我、虐待我,那么我也会天真地唱起歌来,不管怎样都会对着他任性撒娇的,肯定能让家里充满阳光,可现在两个人都这么自惭形秽,拘束着放不开——先不说我,他怎么就这么自卑呢?虽然只有小学毕业,但论学识的话,和大学

---

① 赤坂,东京都港区的地名。
② 筑地,东京都中央区的地名。与银座相接。
③ 本乡,东京都文京区东南部的地名。

毕业的学士相比也完全不差什么。他收集了很多有品位的唱片，在工作之余会专心地读小说，很多都是我连名字都没有听过的外国新晋小说家的作品，而且他还设计出了那个世界级的藤蔓蔷薇的图样。再者，虽然他不时会嘲笑自己的贫穷，但最近揽的活儿也不少，不断有一百日元、两百日元这种额度的大钱入账，前几天还带我去了伊豆①的温泉。即便是这样，对被褥、衣柜，还有其他家具什物是我母亲给买的这事儿，他到现在都还耿耿于怀，看着他这么介意，反过来我又会觉得羞耻，好像自己做了什么坏事似的。明明都是些便宜东西！孤单得想哭，夜里有时候会想，因为同情或怜悯而结婚是错误的，我终归还是独身一人生活为好吧。乱想这些可怕的事情。有时候甚至还想去找一个更强大的对象，这种可憎的不贞之念也偶有抬头，我真是个坏人！结婚后才第一次痛切地感受到了青春之美，如咬到舌头般懊悔自己把青春过得太黯淡，想趁现在做些事情来弥补。和他两个人默默吃着晚饭时，突然寂寞到受不了，拿着筷子端着碗，立马就要哭出来。所有这些都是我的贪欲。这么丑的女人还在侈谈青春，

---

① 伊豆，静冈县东部、伊豆半岛中西部城市。坐拥修善寺、土肥、天城、中伊豆四大温泉乡，另有达摩山、净莲瀑、八丁池等自然风光，是近东京的旅游、疗养胜地。

真是荒唐。不过是沦为笑柄罢了。对我来说，现在这种程度的幸福就已经超过我该得的了。必须这样想。一不留神使起性子来，于是就像这次这样，招来了这么些恶心的小疙瘩。可能是抹了药的原因，小疙瘩没有继续扩散，明天估计就能好吧。我暗暗向上帝祈祷，那天夜里早早就休息了。

躺着细细想来，总觉得不可思议。我什么病都不怕，却唯独受不了皮肤病，无论如何都受不了。让我吃多少苦或是受多少穷都无所谓，千万别让我得皮肤病。即使是失去一只脚，或是断掉一只胳膊，那也要比皮肤病好上不知多少倍。在女校的时候，生理课上有一次学到各种各样皮肤病的病菌，我全身发痒，恨不得当场就把印有那些个虫子和病菌图片的那一页教科书撕掉。又觉得老师那麻木的样子很是可恨，不，老师教起来也并不是毫不在意的。因为职责使然，必须拼命克制自己，装成理所当然的样子上课。这样做当然没错，但如此一想，更对老师的厚颜无耻感到可怜可鄙，我忍不住浑身抽搐起来。生理课结束后，我和朋友们做了讨论。疼痛、刺痛和痒，这三者里面哪个最痛苦呢？这个议题一出，我毅然决然地指出痒是最可怕的。可不就是吗？我认为对于疼痛和刺痛都有其知觉上的极限。不管是被打被杀还是被刺伤，那痛苦达到极限以后，人一定会昏过去了。昏过去之后就进入了梦幻之境。会升天，能够从痛苦中干干净净地脱身而出。不就是死吗？有什么大不了的！可痒却像波浪起伏般，涌上来又退下去，涌上来又退下去，一直没完没了且缓缓地蜿蜒爬行，痛苦决不会冲到接近临界的最高点上去，以至无法昏厥过去，当然也不会发生痒死人这样的事情，永远温吞吞地存在着，只能一直让人痛苦地挣扎。所以，不管怎样说，痒就是最痛苦的。

要是把我抓到以前的白洲①去严刑拷问，不管是被打、被砍或是被挠脚心，我都不会招供的。那期间应该会昏过去，连着被折磨上个两三次，我也就死掉了吧。怎么能招供呢？我豁出命去也要护卫好志士们的藏身之所。但是，如果他们拿来满满一竹筒跳蚤、虱子或是疥虫之类的，然后说"喂，我要把这些全都倒到你的背上去"，那我肯定吓得连汗毛都要竖起来，估计会双手合十苦苦哀求道"我招，饶了我吧"，烈女形象就此断送。只要想一想都会讨厌到跳起来。课间休息时，我和朋友们说了这些话，朋友们也都真诚地表示赞同。

有一次，老师带全班同学一起去上野②的科学博物馆参

---

① 白洲，日本江户时代的行政机关"奉行所"，用来关押受审平民的地方。因院子里铺有白沙，故名"白洲"。后也用来指法庭。
② 上野，日本东京都台东区以上野站为中心的区域。东京的大型美术馆、博物馆多集中在此区域的上野公园附近。

观,大概是在三层的标本室那里,我突然一声尖叫,懊悔得哇哇大哭起来。他们把皮肤寄生虫的标本做成螃蟹那么大的模型,排成横排摆在架子上陈列着,我很想大喊一声"混蛋",拿起棍棒把它们砸个稀巴烂。之后的三天我都睡不着觉,总觉得痒痒的,吃饭也没有胃口。我甚至连菊花都觉得讨厌。细碎的花瓣密密麻麻,就跟什么似的。看到坑洼不平的树干时,也会嗖的一下全身刺痒起来。真不知道那些若无其事地吃咸大马哈鱼鱼子的人究竟有何感受。牡蛎的贝壳、南瓜的表皮、沙石路面、长虫眼的树叶、鸡冠、芝麻、扎染、章鱼脚儿、茶叶渣儿、虾、蜂巢、草莓、蚂蚁、莲子、苍蝇、鳞片,这些都很讨厌。还讨厌日语的注音假名①。小小的假名就像虱子。胡颓子果儿、桑葚也都讨厌。有一次,我看到了放大的月球照片,差点儿吐出来。还有刺绣,有些花纹,我无论如何都受不了。我对皮肤病如此深恶痛绝,自然对皮肤也就十分用心,此前基本上从没长过小疙瘩。结了婚后,就每天去澡堂使劲儿用米糠搓洗身体,一定是搓得太过了,竟然会长这么些个小疙瘩,想来真是懊恼气愤。我难道是做了什么十恶不赦的坏事吗?上帝也太过分了,故意送上我最

---

① 注音假名,在日本汉字旁边注上假名以标记读音,注音假名的字号小于正文的字号。

讨厌的玩意儿，又不是没有别的疾病了，简直就像中大奖，砰的一声稳稳射中小小的靶心，精准地把我推进了我最害怕的那个洞穴里。我越想越觉得不可思议。

第二天早晨，天刚破晓，我就起床了，悄悄往梳妆台前一坐，忍不住啊的一声惨叫。我成了一个妖怪。这不是我的模样。身体就像一只被压扁的西红柿，脖子上，胸腔上，肚子上，一粒一粒丑陋至极的东西。全身就像长了触角似的，就跟出蘑菇似的，豆粒般大小的疙瘩长得满满当当，嘿嘿嘿嘿在奸笑着。很快就会扩散到双脚那里了。魔鬼！恶魔！我不是人！就让我这副模样死掉得了！我不能哭。身体已经变成这么丑恶的样子，要是再哼哼唧唧一副要哭的表情，不仅一点儿也不可爱，还会像熟柿子啪嚓一下掉烂在地上那样，只会更加滑稽，更加凄惨，那场景简直惨到无以复加。我不能哭。还是藏起来吧。他还不知道。我不想让他看到。我本来就很丑陋，现在皮肤又溃烂成这样，我已经再没有任何可取之处了。废物？垃圾堆？成了这副样子，就算是他也不会再说任何安慰我的话了吧。我讨厌那些安慰，如果对这样的身体都还要怜悯，那我就该蔑视他了。讨厌。我想就这样离他而去。不要再安慰我了。不要看我，也不要待在我的身边。

啊！真想要一所更宽敞的房子，好想一辈子都在那个遥远的房子里过日子。如果没结婚就好了。如果没有活到二十八岁，该有多好。十九岁那年冬天我得过肺炎，如果那个时候没治好直接病死该有多好。假如在那时死去，现在就不会这么痛苦、这么难堪，不会有这种郁闷的惨痛经历。我闭紧眼睛，一动不动地坐着，只听到急促的呼吸声，我的心里仿佛也生出了鬼一般，整个世界一片寂静。的确，昨日的我已然逝去了。我心神不定，像野兽似的站起来穿上和服。和服可真是好东西，我痛切地体会到了这一点。不管身体多么可怕，都可以这样严严实实地遮盖起来呢。我打起精神，到晒衣场上去，恶狠狠地盯着太阳看，不禁长长地叹了一口气。传来了广播体操的口令。我独自一人寂寞地做起体操来，"一、二"，小声地喊着，想装作精神百倍的样子。可突然之间我忍不住可怜起自己来，再也没法儿继续做体操，快要哭出来了。可能是刚才身体活动得太过剧烈，脖子和腋下的淋巴结开始隐隐作痛，轻轻一摸，每个地方都硬硬地肿着，发现这状况后我再也站立不住了，崩溃般一屁股跌坐到地上。因为丑，所以我一直过得这么小心翼翼，总是待在阴影里，百般忍耐，可为什么还要欺负我？也不是针对谁，只觉得灼烧般的愤怒不由得涌上心头，这时身后传来他温柔的声音："哎呀，原来是在这种地方。不要垂头丧气的。"他唠叨着：

"怎么了？有没有好一点？"

我本来想回答说好些了，但却安静地甩掉他轻轻搭在我肩膀上的右手，站起身来说："回家。"

说出这样的话来，连我自己也认不清自己了，做什么事，说什么话，再负不了任何责任，不管是自己还是宇宙，都让我觉得再也无法相信。

"让我看一下。"他有些不知所措地说。那浑浊的声音听起来好像离我很远。

"不要。"我抽身躲过，"这些地方起了很多瘰疬。"我把双手放在腋窝下，就那样无所顾忌地湿了眼眶，忍不住哇哇哭出声来。一个难堪的二十八岁的丑女人，即使是在恃宠生娇地哭泣，又有什么招人怜爱的地方呢？我也知道那一定丑恶至极，可眼泪哗啦哗啦一个劲儿地往下流，后面连口水都流出来了，我实在是再无半分优点。

"好啦。不要哭！我带你去看医生。"他的声音听起来比之前任何一次都要干脆坚定。

那天，他放下工作，查了报纸上的广告，我也决定让他带我去看那有名的皮肤专科医生，之前仅听人说起过一两次名字。我一边换着出门的和服，一边问：

"是不是必须得让人看身体呢？"

"是的。"他大大方方地微笑着回答说,"不要把医生当作男人喔。"

我羞红了脸。觉得有些许开心。

走到外面,阳光晃眼,我觉得自己就像是一只丑陋的毛毛虫。真想把人世间变成漆黑的暗夜,一直到这病治好为止。

"不想乘电车。"自结婚以来,我第一次这样任性地提出了过分的要求。小疙瘩已经扩散到手背上,以前我曾经在电车中见过一个女人,她的手也是如此可怕,自那以后就连抓电车的吊环,我都会觉得不干净,担心会不会被传染。现在,我自己的手变成了之前那个女人的一般,真是彻骨地体会到了"倒大霉"这句俗语的意思。

"我明白的。"他爽朗地答道,带我坐上了小汽车。从筑地到日本桥那边高岛屋①后面的医院,只不过短短一小段路程,但那段时间我一直觉得自己正坐在殡仪车上,只有眼睛还活着,恍惚地望着繁华街道上那一派初夏景象。这些路过的男男女女,没有一个人和我一样长着小疙瘩,实在是不可思议。

到医院后,和他一起走进候诊室,发现这里又是另一番

---

① 高岛屋,日本百货店的店名。1831 年建成于京都,在大阪、东京、立川等多地开有商铺。

和人世间截然不同的景象,猛然想起了很久以前在筑地小剧场①看戏剧《底层》②时那个舞台上的场景。外面一片青绿,那么明亮耀眼,可不知为什么,这里面虽然有阳光,却依然昏暗,满是阴冷的湿气,酸味扑鼻,盲人们都低着头挤在那里。他们并不是盲人,却总让人觉得是哪里有残疾,而且以老头和老太太居多,多得让我惊讶。我在靠近入口那边的长椅边上坐好,死了似的垂着头,闭着眼睛。忽然想到,在这么多患者中,有可能我的皮肤病是最严重的,自己吓了一跳,睁开眼睛抬起头,偷偷地观察这一个个的患者,果然没有一个人像我这样夸张地长着小疙瘩。看了医院门口的招牌,我才知道除了皮肤科,这里还看另一种很难坦然说出名字且令人讨厌的疾病。原来是这两类病的专科医院,这样的话,坐在那边且看起来年轻漂亮像是电影演员的男子,似乎哪里都没有长疙瘩,应该不是看皮肤科,那他有可能就是得了另外那种病喽。想到这里,我骤然觉得这候诊室里低头坐着等死的人们好像都是那种病。

---

① 筑地小剧场,日本第一家专门演出新剧的剧场及剧团,由小山内薫、土方与志于1924年创立,演出了很多话剧。1930年剧团解散,1945年剧场在战争中被烧毁。
② 《底层》,苏联作家高尔基(Maxim Gorky,1868—1936)于1902年创作的四幕戏剧。以小客栈为舞台,描画生活在社会底层的群氓群像。

"你出去散散步吧。这里太闷了。"

"看起来还得好一会儿呢。"他像是闲得无聊,一直站在我旁边。

"嗯。估计得到中午才能轮到我。这里太脏。你不要待在这里。"我说这话时的声音很是严肃,连我自己都觉得意外,他好像也准确地领会了我的意思,慢慢点了点头。

"你不一起出去吗?"

"不了。我没事儿。"我微微笑着,"我待在这里才最轻松。"

就这样把他赶出候诊室后,我稍稍静下心来,重新在长椅上坐下,闭上了有些酸痛的眼睛。在旁人看来,我一定像是一个装腔作势、自命不凡、陷入愚蠢沉思的闭目老妇人吧!可是,这样对我才最轻松。装死!想起这个词,觉得很滑稽。然而,我渐渐地担心起来。谁都会有秘密。仿佛有人在我耳边低声说了这么一句讨厌的话,于是我忐忑不安起来。说不定这小疙瘩也是——想到这里,瞬间我觉得毛骨悚然,他的温柔和不自信或许都是因为那个方面而起的吧。真是这样的吗?这是我第一次真切地察觉到这件事。说来可笑,到现在我才切实地感觉到,对于他而言,我并不是他的第一个女人。于是我坐立难安。被欺骗了!骗婚!唐突之间甚至想到了这类难听的词,很想追出去把他痛打一顿。我真是傻瓜啊!从一开始我就是在知情的状况下嫁给他的,现在却突然对他不是第一次结婚这件事儿恼怒、怨愤到难以忍受,甚至觉得无可挽回。

他之前有过女人的事猛地堵住了我的胸口,这的确是我第一次觉得那个女人可怕又可恨,此前竟然一次都没想起过她,我这心也真够大的,这样的自己真是可怜,我忍不住想要哭。好难受,这或许就是人们所说的嫉妒吧。如果是,那么嫉妒就是某种无可救药的狂乱,而且是限于肉体的狂乱。一点儿也不美好,丑怪至极。人世间还有这等我不了解的可怕地狱呢。我不愿再活下去,觉得自己太惨了。于是,我慌忙解开膝盖上的包袱,拿出一本小说,胡乱翻动书页,径直从那里开始读起《包法利夫人》①。

爱玛痛苦的一生总是能给我安慰。我不得不承认,爱玛所走的那条堕落之路才是最符合女人的,最自然的。就跟水往低处流一样,从中能感受到犹如身体困乏时的那种自然感觉。女人就是这样一种生物。拥有不能说的秘密。因为那就是女人的"天性"啊。每个人肯定都有一个身陷其中的泥

---

① 《包法利夫人》(*Madame Bovary*),法国作家福楼拜(Gustave Flaubert,1821—1880)于1857年发表的长篇小说。女主人公为爱玛·鲁奥因。

沼，这一点确定无疑。因为对女人来说，每一天都是她的全部。和男人不一样，她不会考虑死后之事，也不会思索。女人一直期盼的，就只是这每时每刻达成的美好。溺爱着生活，溺爱着生活的感觉。

女人爱的是茶碗和有着漂亮花纹的和服，因为只有这些才是真正的人生意义所在。每一刻的行为举止本身就是生存的目的。此外难道还需要别的什么吗？如果高深的现实主义能完全压制住女性这种悖德与超然，能毫不手软地加以揭露，那么我们自己也会管好自己的身体，那不知该是多么的轻松愉快呢，但是谁都不去触碰女人心中的这深不见底的"恶魔"，都装作看不见，正因为如此，才引发了各种悲剧。或许只有高深的现实主义才能真正拯救我们。

女人心哪，坦率地讲，在结婚的第二天就可以泰然自若地想着其他男人。人心断不可疏忽大意。"男女七岁有别"①，这句古训突然具备了惊人的现实感，冲击着我的内心。日本的伦理基本上都现实地体现为暴力，令我震惊得头晕目眩。原来大家什么都知道。自古时起就已经明明白白地挖好了泥沼放在那里，这样一想，我心里反而稍觉清爽，淡定地放下

---

① "男女七岁有别"，典出《礼记·内则》："七年男女不同席不共食。"

心来,虽然身体变成了这副满是疙瘩的古怪模样,但依然还是一个颇为性感的老女人呢。

我甚至有了自我怜悯和嘲笑的从容之心,又继续看起书来。这会儿罗多尔夫得寸进尺悄悄贴近爱玛身边,快速地低声说着甜言蜜语,我读着读着却想到了截然不同的另一件妙事,忍不住抿嘴笑了起来。假如这时候爱玛身上长了小疙瘩,那会变成怎样一个故事呢?一个奇怪的假想浮现出来,不,这是一个重大的理念,我认真起来。爱玛肯定会拒绝罗多尔夫的诱惑。这样一来,爱玛的一生也将全然不同。一定会的。她一定会彻底拒绝。因为只能如此,没有别的选择。身体都这样了。这并非喜剧,女人的一生就是由那一刻的发型、和服纹样、困倦的样子或是其他一些细微的身体状况等偶然因素所决定的。有一个保姆,只因为太困,就杀死了背上吵闹的孩子,更不用说这些小疙瘩了,不知道会使女人的命运发生怎样的逆转,不知会不会歪曲了浪漫。

如果是在结婚典礼的前夜,出乎意料地冒出了这样的小疙瘩,还在惊讶的工夫儿就扩散到了胸前和四肢,那该怎么办呢?我认为这样的事情是可能发生的。只有小疙瘩才是这样,真不是靠平日的小心提防就能躲过去的,总觉得像是天意使然。我感受到了上天的恶意。女子兴高采烈地去横滨①码头迎接五年未见的丈夫回国,正心情激动地等着,眼看着脸上关键部位出现了紫色的肿疙瘩,触摸之下,那原本满心喜悦的夫人竟已变成了目不忍睹的阿岩②。这样的悲剧也有可能会发生。男人好像对小疙瘩什么的并不在意,但女人却全靠肌肤维生。否定这一说法的女人都是在撒谎。我并不熟悉福楼拜其人,感觉他是一位非常细致的写实主义作家。他笔下有这样一个场景:当查理想要亲吻爱玛的肩头时,(别!衣服会皱的……)爱玛予以拒绝。既然福楼拜的眼光周到细致到如此程度,为什么就不写女性皮肤病的痛苦呢?是因为男人根本无法理解这种痛苦呢,抑或是福楼拜这样的人早已洞察了一切,但因为那太污秽,无法构成浪漫故事,所以就佯作不知而有意回避?不过,刻意回避实在是狡猾,太狡猾了。在婚礼前夜,或者是时隔五年之后马上就要见到无比想念之人的时候,意想不到染上了丑怪的小疙瘩,如果是我,我宁愿去死。我会离家出走,就此堕落。我会去自杀。女人

---

① 横滨,神奈川县东部都市。临东京湾,1859年开港,后发展成为重要的国际贸易港。
② 阿岩,日本歌舞伎作者四世鹤屋南北(1755—1829)的歌舞伎代表作《东海道四谷怪谈》中的女主人公。阿岩被丈夫民谷伊右卫门喂下毒药后毁容,看到自己可怕的容貌后发疯而死,死后变成厉鬼向伊右卫门索命。

要靠每个瞬间的那些美丽的欢愉才能活下去。不管明天会怎样……门悄悄开了,他探出像松鼠般的小脸,用眼色问道:"还没到吗?"我轻浮地微微招了招手。

"喂!"尖锐的声音中带着下流腔儿,我耸了耸肩,然后尽量压低声音说,"喂!当女人一心觉得明天怎样都无所谓的时候,这个女人最有女人味,你不觉得吗?"

"你说什么呢?"看到他茫然不知所措,我笑了。

"我表达得太差劲,不容易听懂。没关系。我在这种地方坐了半晌,坐着坐着好像整个人都变了似的。待在这种深渊里真是会出毛病呢。我很软弱,所以很容易被周围的气息影响和驯服。我变成了一个粗俗的人。无聊的内心迅速堕落,已然成了一个……"话说到半截,我突然闭紧了嘴巴。prostitute(娼妓),我是打算这样说的。女人永远都不该把这个词说出来。一旦说了,就必然会为此类思绪而苦恼。当失掉所有自尊之后,女人必定会想到这里。我呢,因为长了这些个小疙瘩,就连内心都变成了魔鬼。想到这里,我隐隐约约有些弄明白了,迄今为止我总说自己是个丑女人,装出对一切都没有自信的样子,但其实私底下我对自己的皮肤一直都很爱惜,只此一件,皮肤是我唯一引以为傲的。现在我被迫认清了这一点,之前我自认为是谦恭有礼、隐忍服从,没想到那些都是很不靠谱的伪装，到头来却发现，其实我也是个仅凭知觉和感受而喜忧，如盲人般在生活的可怜女人，无论知觉和感受多么地敏锐，也都是动物性的，和睿智一点儿都不沾边。我彻底认清自己就是个愚蠢的白痴。

我一直都错了。之前我也曾视自己知觉的敏锐为某种高尚的东西，错把它看成是聪明的表现，以此悄悄地安慰自己。结果，我不过是一个糊涂愚蠢的坏女人而已。

"我想了好多。我是个傻瓜。我真心是疯了。"

"其实也不难理解。我明白的。"他貌似真的明白了，机灵地笑着答道，"喂，到我们啦。"

跟着护士走进诊室，我解开和服腰带，一咬牙露出上身，瞅了一眼自己的乳房，我看到了两个石榴。比起坐在眼前的医生，站在后面看着的护士更让我觉得难受。我果然没把医生当成有七情六欲的普通人，就连医生长什么样子我都没有记住。医生也没有把我当成人来对待，这边那边摆弄来摆弄去。

"是中毒。是不是吃什么不好的东西了？"医师语调平静地说道。

"能治好吗？"他替我问。

"能治好。"

我一直恍恍惚惚地听着,仿佛正置身于别的房间。

"她一个人哭个不停,很讨厌的样子,实在叫人看不下去。"

"马上就能好的。去打针吧。"医生站起身来。

"就是简单的食物中毒吗?"他问。

"是的。"

打完针,我们走出医院。

"手这里已经康复了。"

我几次把双手伸到阳光里盯着看。

"高兴了吧?"

被他这么一说,我突然觉得难为情起来。

无人知晓

　　这件事情没有任何人知道。——四十一岁的安井夫人微微笑着讲道。——说来可笑。

　　这是我二十三岁那年春天的事,已经是将近二十年之前了。那是在大地震①前不久。那个时候也是,现在也是,牛込②这边都没怎么变化。只是街道稍微宽了些,我家院子也有一半左右被分出去修成了道路。以前还有一个池塘,后来

---

① 大地震,指 1923 年日本关东大地震。
② 牛込,今东京都新宿区东部地区。

也毁掉了,要说变化,大体也就这些吧。直到现在,从二楼走廊还是可以直接看到富士山,士兵们的号角依旧朝夕可闻。父亲那时候在做长崎县知事,被聘过来就任这边的区长,那正好是我十二岁夏天的事情,母亲那时候也还健在。父亲就生在东京的牛込这里,祖父是陆中①盛冈②人。听说祖父年轻的时候独身一人闯到东京来,做某种一半是政治家一半是商人的危险工作。哎,也可以说是高级商人吧。尽管如此,好歹取得了成功,中年时买下了在牛込的这座宅邸,站稳了脚跟。不知道是不是真的,据说祖父和那位很久以前在东京站遇难的原敬③是同乡,而且不管从年龄还是从政治资历上来讲,祖父都是原敬的大前辈,所以祖父能够在各方面指示原敬,原敬也是每逢过年的时候都会到牛込的这个家来拜年,当上内阁总理大臣之后也还来,但这些说法都不怎么靠得住。

之所以这么说,是因为祖父对我讲这些话的时候我十二岁,是和父母一起第一次回到东京的这个家里,之前都是祖父一个人留在牛込过日子,他已经年过八十,成了一个糟老

---

① 陆中,日本旧国名之一,相当于现在岩手县大部和秋田县一部分。
② 盛冈,今岩手县中部城市,县厅所在地。
③ 原敬(1856—1921),日本政治家。岩手县人。立宪政友会创始人之一,后就任政友会总裁。1918年以平民身份任首相并组阁,组成日本第一届政党内阁。1921年在东京站被暗杀。

头儿,我在那之前一直跟着做官的父亲辗转于浦和①、神户、和歌山、长崎等赴任之地,连出生都是在浦和的机关宿舍里,当然也到东京这个家里来玩过,但只来过几次,数都数得过来,所以我和祖父不太亲近,即使是十二岁时开始在这个家里安顿下来、和祖父一起生活之后,也总觉得他是一个陌生人,邋邋遢遢的,而且祖父说话带着很重的东北口音,我不太听得懂他在说什么,愈加亲近不起来。我一点儿也不亲近祖父,于是他就变着法儿地哄我开心,刚才说的原敬的故事,就是夏天夜里乘凉时祖父讲的,他盘腿坐在凉凳上,支开胳膊肘摇着团扇说给我听,可我很快觉得无聊起来,故意夸张地打了个哈欠,祖父斜着眼睛瞥了瞥,赶忙变了语调说:"原敬没意思,好,那来讲'牛込七大奇事'吧,很久以前……"降低声音讲起来。总觉得祖父很狡猾。原敬的故事也觉得不靠谱。后来我问父亲,父亲微微苦笑了一下,温和地告诉我说:"他可能到这个家里来过一两次,爷爷没有撒谎。"说着,摸了摸我的头。

我十六岁那年祖父去世。我并不喜欢这位爷爷,可是在他葬礼那天,我哭得很厉害。可能是因为葬礼太过奢华,我

---

① 浦和,埼玉县埼玉市中南部的一个区,旧市名。

为之兴奋才哭的吧。葬礼第二天，去学校之后，老师们也纷纷向我表示哀悼。我每回都会哭，还意外地得到了朋友们的同情，以至我有些惴惴不安了。我是步行到市谷①的女子中学上学的，那段时间我就像一个小女王，幸福得过分。父亲四十岁时生的我，当时他正在浦和干教务部长，我的前面和后面都没有其他兄弟姐妹，只有我一个，所以父亲母亲还有周围的人们都拿我当宝贝。那时我当自己是个懦弱孤单的可怜孩子，但现在想想，可以说我是个任性傲慢的孩子。

进入市谷女中不久，我就交到了一个名叫芹川的女性朋友，当时我自以为对芹川小姐温柔又周到，可这事儿也是令人无奈，现在回过头去想，在旁人看来，或许会觉得我的态度非常自高自大，觉得和她相处这事儿很麻烦，却又热情相迎。芹川小姐又总是很顺从，对我说的事情全部予以支持，于是我们自然而然变成了主人和仆从那样的关系。芹川小姐家就在我家正对面，你也知道的吧，是一家叫华月堂的点心铺。对，现在还是和以前一样生意兴隆，打从前就在卖一种叫"十六夜月圆"的点心"最中②"，在点心馅儿里加上栗子，是他们家引以为傲的招牌商品。现在已经换了世代，芹

---

① 市谷，东京都新宿区东部的地名。
② 最中，一种日本点心，薄皮儿，中间加馅儿。

川小姐的哥哥做了店老板，一天从早忙到晚。老板娘看起来也非常能干，经常坐在柜台那里接听电话订单，然后干脆利落地吩咐伙计们做事儿。

曾经是我好朋友的芹川小姐，从女中毕业三年以后就找了一个好人嫁出去了。现在好像是住在朝鲜的京城①还是哪里的。已经快二十年没见了。据说她先生毕业于三田的庆应义塾大学②，长得很帅，现在在朝鲜的京城里经营着一家颇具规模的大型报社。芹川小姐和我在离开女中之后也一直有来往，说是来往，我却一次都没到芹川小姐家里去玩过，总是芹川小姐到我这里来，谈的话题基本上就是小说。芹川小姐在学校时就很爱读漱石③和芦花④等人的东西，她还很擅长写作，文笔老到，可我对那方面却完全不通，也提不起一点儿兴趣。

即便如此，从学校毕业之后，对芹川小姐时常带过来的那些小说，我在无聊之余也会拿来读，慢慢好像也多少能理

---

① 京城，指京城府，朝鲜日据时期的朝鲜半岛中心城市。现为韩国首尔特别市。
② 三田，东京都港区的地名，域内的庆应义塾大学是日本私立大学的翘楚。
③ 夏目漱石（1867—1916），小说家、英国文学研究者。代表作有《我是猫》《少爷》等。
④ 德富芦花（1868—1927），小说家。代表作《不如归》。

解小说的有趣之处了。可是，我觉得有趣的书，芹川小姐却不怎么称许，而芹川小姐说好的那些书，我却不太看得懂。我喜欢鸥外①的历史小说，芹川小姐就笑我太陈腐，和我说有岛武郎②比鸥外要深刻得多，她拿来两三本那位作家的书，我读是读了，却一点儿也没有读懂。现在读的话，或许会另有不同的感受吧。但对当时的我来说，有岛的书中很多都是无关痛痒的议论，很是无趣。我一定是个俗人吧。那个时期的新晋作家很多，还有武者小路③、志贺④、谷崎润一郎⑤、菊池宽⑥和芥川⑦等人，那里面我喜欢的是志贺直哉和菊池宽的短篇小说，这事儿也被芹川小姐取笑说是缺乏思想性，可我就是读不来那些惯会讲大道理的作品。每次过来，芹川小姐都会带着像是新刊的杂志或是小说集之类的，告诉我很多小说的情节或是作家们的逸闻等等，她对这些太过热心，让

---

① 森鸥外（1862—1922），日本小说家、翻译家、评论家、军医。代表作有《舞女》《阿部一族》等。
② 有岛武郎（1878—1923），日本小说家。代表作《一个女人》。
③ 武者小路实笃（1885—1975），日本小说家、剧作家。日本"白桦派"代表作家。
④ 志贺直哉（1883—1971），日本小说家。代表作《一个早晨》。
⑤ 谷崎润一郎（1886—1965），日本小说家。代表作《细雪》《春琴抄》。
⑥ 菊池宽（1888—1948），日本小说家、剧作家。主要作品《无名作家的日记》《珍珠夫人》。
⑦ 芥川龙之介（1892—1927），日本小说家。代表作《罗生门》。

人觉得很奇怪。

　　某一天终于被我发现了芹川小姐如此热心的真正原因。女性朋友嘛，彼此稍稍亲密些就会马上互相交换影集来看，那天芹川小姐带来了很大一本相册让我看，我一边马马虎虎地听着芹川小姐近乎啰唆的细致说明，一边一张张地往下看，其中有一张照片上是一个很帅气的大学生，拿着书站在玫瑰花园的背景前，于是我忍不住说："哟，这位长得真帅。"脸上不由得热起来。结果芹川小姐立刻哎呀一声从我这里夺过相册，于是我马上就明白了。"好啦，我都已经看到啦。"我镇定地说。听到这话，芹川小姐忽地高兴了起来，笑眯眯地一个人快言快语地讲起来："看出来了？还真是一点都不能大意呢，真的？一看就明白了？从在女中的时候就已经开始了，你知道的吧。"我本来什么都不知道，她只管竹筒倒豆子般毫无保留地全都说了。当真是一个正直、无辜的姑娘。

　　照片上的帅气学生和芹川小姐是通过某个投稿杂志的某一读者通信栏认识的，是有这样的地方的吧？他们通过那个通信栏交流，就是所谓的互有共鸣那样的吧，我是个俗人，不太懂这些，总之在那之后他们慢慢就直接通起信来，从女中毕业之后进展很快，芹川小姐也是自愿的，总之两个人就定下来了。对方是横滨船舶公司家族的次子，"庆应"的高才生,将来应该会成为一名优秀的作家,等等。听芹川小姐讲了这许多,我觉得这事儿很可怕,而且还有些恬不知耻。

另一方面,我又很嫉妒芹川小姐,有了些肮脏的想法,心情激动,但我尽量不动声色地说:"这是好事儿呢,你一定要坚持下去。"但芹川小姐忽然敏感地生起气来,噘着嘴对我展开了前所未有的猛烈攻讦:"你心眼真坏,心里藏着刀子呢,你总是冷漠地轻视我,你是狄安娜[①]。"于是,我也开诚布公说出了自己的想法:"对不起,我从没有蔑视过你,虽然看上去很冷漠,但我的性格就是这样,做人很吃亏,经常会被人误解,我其实觉得你俩的事儿有些可怕,对方那位长得太帅了,可能我是在嫉妒你吧。"这么一来,芹川小姐也转变了心情,愉快地说:"是的呢。这件事情我只告诉了我哥哥一个人,哥哥也说了和你一样的话,说是坚决反对,让我还是找一个更踏实的,老老实实结婚为好。我哥哥本来就是彻头彻尾的现实主义者,他那样说我也能理解,但我并不会把哥哥的反对放在心上。我们两个私底下都已经商量好明年春天他从学校毕业之后的事了。"她讨人喜欢地耸了耸肩,信心百倍的样子。我勉强笑了笑,只是点了点头,就那

---

① 狄安娜(Diana),古罗马神话中主管狩猎和月亮的女神,被认为是女性的守护神。

样听着。她那天真的样子非常美，让人嫉妒，而我这陈腐庸俗的脾气真是丑得让人无法忍受。

自从那次坦陈心迹之后，芹川小姐和我之间再不像以前那样融洽了，女孩子真是奇怪呢，不管之前处得多么亲密，一旦中间有男人加入，态度一下子就会变得郑重其事，关系变得疏远起来。我们的关系倒没有那么糟糕，但彼此都很客气，连打个招呼都会小心翼翼，话也渐渐说得少了，凡事都以礼相待。我俩都尽量避免谈照片那件事。很快，那一年就过去了，我和芹川小姐都迎来了二十三岁的那个春天，正是那年三月底时候的事情。晚上十点左右，我和母亲两个人在房间里一起缝父亲的哔叽夹衣，女佣悄悄打开纸拉门，招手叫我过去。"我？"我使了个眼色问，女佣严肃地轻轻点了两三下头。"怎么了？"母亲把眼镜推到额头上问道。女佣轻轻咳嗽了一下："哎，芹川小姐的哥哥说找小姐有点事儿。"她似乎不太好说出口，又咳嗽了两三下。我立刻站起来走到走廊那里。心里好像已经知道是什么事了。一定是芹川小姐出了问题，一定是的，我打定主意，正要往客厅去，女佣低声说："不，在后门那里。"像是因为什么了不起的大事被搞得非常紧张，微微弯着腰，小步快跑，急急忙忙地为我带路。后门那边有点暗，芹川小姐的哥哥笑眯眯地站在那里。

上女中那会儿，每天早晨和晚上都会和芹川小姐的哥哥打招呼，她哥哥总是在店里和伙计们一起忙得团团转，勤勤恳恳地干活儿。离开女中以后也是，她哥哥会每周一次把预定的各种点心送到我家，我也毫不拘束地叫他"哥哥、哥哥"。但这么晚到我家来，还是第一次，而且还特意悄悄地把我叫出来，肯定是芹川小姐的那件事被发现了。我心里忐忑，对他说："最近我都没有见过芹川小姐。"还没等人家问，就先说走了嘴。

"你知道？"哥哥一下子露出了惊讶的神情。

"不是的。"

"是吗？她不见了。真是混账，文学啥的，没什么正经。你之前就知道那件事情吧？"

"是的，那件事情，"声音堵在嗓子眼里，真难受，"我知道的。"

"她逃跑了。不过，我大体知道她在哪里。最近她什么都没对你说吗？"

"嗯，最近和我也很疏远。啊，这是怎么了？你进屋来吧，我有很多事情想问呢。"

"好的，谢谢。不过现在我坐不住。我必须尽快去找她。"定睛一看，她哥哥穿着笔挺的西装，带着一个行李箱。

"你心里有数了，是吧？"

"是，我知道的。把那俩家伙痛打一顿，然后让他们在一起。"

她哥哥说完，便爽朗地笑着回去了，我呆呆地站在后门口目送他离开，然后折回屋里，装作没看见母亲那满脸狐疑的表情，静静地坐下来，照着没缝完的袖子快速地缝了两三针。接着又悄悄起身，出了走廊，一路小跑溜出后门，趿拉上木屐，不管不顾地跑起来。那是怎样一种心情啊？我到现在也没想明白。

那时只想追上她哥哥。下定了决心，到死都不分开。芹川小姐的事情根本没有什么，我只想再见她哥哥一面。不管什么事情，我都会去做，只要能和他两个人在一起，哪里我都会去，就这样直接带着我逃走吧，请把我毁掉吧。就在那个夜晚，我自己的这些心思忽地燃烧起来，我像小狗一样默默地跑过一条又一条阴暗的小巷，有时候因一个趔趄几乎跌倒，抓住衣服前襟又一声不吭继续跑着，眼泪涌了出来。现在回想起来，那感觉简直就像地狱之底。等我跑到市谷近前的市营电车车站时，痛苦得几乎要喘不上气来，眼前模模糊糊一片黑，那种状态估计离昏厥也就一步之遥了。

车站上没有一个人影。看样子电车刚刚过去。我存着最后一丝希望，拼命呼喊着：哥哥！一片寂静。我把两只衣袖笼在胸前，往家里走去。在路上，我把衣服都整理好，回到家中，静静地打开房间的纸拉门，母亲诧异地望着我的脸问："出什么事了吗？"我若无其事地回答："听说芹川小姐失踪了，真是糟糕呢。"然后就开始缝衣服。母亲似乎想继续问我些什么，但马上又改变了主意，默不作声继续缝衣服。

就是这样一个故事。前面也说了，芹川小姐和三田那位顺利结了婚，现在好像住在朝鲜。第二年我也迎来了现在的丈夫。在那之后，即使和芹川小姐的哥哥见了面，也根本没有什么了。他现在是华月堂的掌柜，娶了一个娇小漂亮的老板娘，生意兴隆。和以前一样，他家掌柜的还是会一周过来一次，来送订购的点心。没有什么特别的。会不会是我那天晚上缝衣服的时候因昏昏欲睡做了个梦呢？要说是梦，可又太过清晰。你能明白的吧？听起来就跟说谎似的。不过，就请把这当成秘密藏在心里吧。女儿，毕竟你也要上女中三年级了。

蟋蟀

我要离婚。

你净是在撒谎。或许我也有不好的地方。但是,难道我不知道自己哪里不好吗?我已经二十四岁了。到了这个年龄,即使被人说哪里不好,我也不可能改得过来。除非死上一次,然后像耶稣那样复活,否则不可能改得了。因为觉得自杀这种事情是最大的罪恶,所以我决定还是和你离婚,然后按照我认为正确的生活方式努力过上一段时间。我觉得你很可怕。说不定这个世界会认定你的生存方式才是正确的。但是,我却再也无法按照你的方式活下去。

  我嫁给你已经快五年了。十九岁那年春天相亲后,我几乎是孑然一身地很快嫁给了你。也就是到了现在我才会说出来,父亲和母亲都极力反对这门亲事。弟弟也是,那会儿才刚上大学,老成地对我说:"姐姐,没问题吗?"他看起来很不高兴。以前我总怕你会厌烦,所以从来没说过,那时候我还有其他两桩亲事。记忆已经越来越模糊了,只记得其中一个好像是刚从帝大①法律系毕业的少爷,志向要做外交官。我还看过他的照片。长着一张很喜庆的乐天派的脸。这是住在池袋②的大姐介绍的。另外那个是一名近三十岁的工程师,在我父亲的公司工作。已经是五年前的事了,所以记得不是那么清楚,据说是某个大家族的长子,为人也很可靠。父亲很喜欢他,父亲和母亲都热心地支持他。我应该是没有看过他的照片。这种事情其实也都无所谓,但如果遭到你不屑的讥笑,我会很难受,所以只能明确地讲出自己记得的事情而已。现在说这些,绝不是要存心让你困扰。请相信这一点。

  我很难过。因为我从未有过"要是能嫁到别的好地方

---

① 帝大,帝国大学的简称,指日本旧制的国立综合大学。1877 年建立的东京大学于 1886 年成为帝国大学,1897 年随着京都帝国大学的建立,更名为东京帝国大学。
② 池袋,东京都丰岛区中部的地名,城市核心区域。

就好了"这类想法，丝毫都未有过这类不贞的愚蠢想法。我无法考虑除你以外的任何人。如果你以惯用的那副腔调取笑我，我会很难过。我是很认真地在讲。请听我讲到最后。那时是，现在也是，我一点都没有要和你之外的其他人结婚的想法。我很确定。打从幼年起，我就最讨厌做事磨磨蹭蹭。当时父亲、母亲还有池袋的大姐都和我说了很多，建议姑且先相亲看看也好，但对我来说，总觉得相亲和婚礼是一回事，所以没有轻易回复。我完全没有和那样的人结婚的想法。如果真像大家说的那样无可挑剔，那么也不是非我不可，只要想找，好的新娘应该是要多少有多少吧，所以总觉得提不起劲儿来。我一定要嫁给这个世界上（这样说的话，你立刻就会笑我）非我不娶的那个人，我隐隐约约这样想着。

　　刚好这个时候，你那边来提了那个事儿。实在太过草率，父亲和母亲一开始就不愿意。那个古董商但马先生，到父亲公司来卖画，照例大讲特讲一通之后说："这画的作者将来肯定能成气候。怎么样，把您家小姐嫁给他吧？"他很不谨慎地讲起了这样的玩笑话，父亲装作没听见就敷衍了过去，总之只买下了那幅画，挂在公司会客室的墙上，两三天之后但马先生又过来，这次说是认认真真来提亲的。真是莽撞。父亲和母亲都惊呆了，说这个中间人但马先生怎么这样，拜托这但马先生来提这事的那个男的也很够呛。不过，后来我问过你才知道，你对那件事竟然毫不知情，一切都是但马先生凭义气按照自己个人意愿给张罗的。

你一直承蒙但马先生关照。你有现在的成功也是多亏了但马先生。他不惜放下自己的买卖为你效劳。当然也是因为看好你的缘故。今后你绝不能忘了但马先生。

当时，我听说了但马先生冒冒失失来提亲的事，微微有些惊讶，却又突然很想和你见面。不知怎的觉得很开心。某一天，我偷偷跑到父亲公司去看你的那幅画。我和你说过那天的事情了吧。我假装找父亲有事，溜进会客室，一个人一再端详你的画。那天特别冷。宽大的会客室没有一丝暖气，我站在角落里看你的画，冻得瑟瑟发抖。画的是一个小小的庭园和向阳的走廊。走廊里空无一人，只放了一个白色坐垫在那里。画里只有蓝色、黄色和白色。看着看着，我更加剧烈地发起抖来，几乎站立不住。我觉得，只有我才懂这幅画。我是很认真地在讲的，不许取笑我。看了那幅画后的两三天里，无论是夜晚还是白天，我的身体一直哆嗦个不停。我心里想，无论如何都要嫁给你。因为这种轻浮让我感到身体炽热地燃烧，让我觉得很羞耻，但我还是去求了母亲。母亲显得极不情愿。我已经料到会是那样，所以并未死心，后面自己直接答复了但马先生。但马先生大喊一声"了不起",站起来的时候被椅子绊到摔了一跤,那个时候我和但马先生都完全没有笑。之后的事儿你应该也知道得很清楚。在我家里,对你的评价与日俱减,越来越差。

说你未经父母允许擅自从濑户内海的老家跑到东京,父母就不用说了,所有的亲戚也都讨厌你,你酗酒,作品从未在展览会上展出过,好像是左翼分子,不知道是不是真的从美术学校毕业,还有很多别的事情,不知道从哪里调查到的,父亲和母亲把这种种事实讲给我听,斥责我。不过,幸亏有热心的但马先生从中调解,好不容易走到了相亲这一步。

我由妈妈陪着到千匹屋的二楼去。你果然和我想的一样。衬衫的袖口很干净,让人倾心。我端来红茶托盘时,身体偏巧哆嗦起来,托盘上的勺子嘎啦嘎啦地响,实在是难为情。回家以后,母亲更是一个劲儿地说你不好。最要不得的是,你一直在吸烟,都没有和母亲好好说话。还提了好几次,说你相貌凶恶。没有前途。但我已经打定主意要嫁给你。

闹了一个月别扭,最终我赢了。和但马先生也商量了,我几乎是孑然一身到了你家。住在淀桥①公寓里的那两年,

---

① 淀桥,东京都新宿区西部的旧区名。

是我此生最快乐的时光。

每一天，我都为明天的计划激动不已。你对展览会和大师的名头完全不感兴趣，只是随心所欲地作画。说来奇怪，越是贫困，我就越是激动和开心，当铺和旧书店仿佛是追忆中的遥远故乡，每每勾起我的怀念之情。

真到了身无分文的时候，我能够发挥出自己全部的力量，让日子过得起劲。没钱时候的饭菜吃起来最开心也最香，不是吗？我不是一个接一个发明出了很多美味佳肴吗？现在就不行。如果觉得想要什么都能买到，也就没有任何奇思妙想了。即使去到菜市场里，我也是满心虚无。别的大妈们买什么，我也一样买回来，仅此而已。

你忽然一夜成名，退掉了之前淀桥的公寓，住到三鹰町①的这座房子里来，在那之后，所有开心的事情都消失得无影无踪。我再无用武之地。突然之间你的口才也变好了，更加地爱护我，可是我总觉得自己是一只圈养的家猫，总是很难受。我从没想过你是那种能在这个世上获得成功的人。我一直以为你会贫困到老，一味随心所欲地作画，被所有的世人嘲笑，却会安之若素，不向任何人低头，偶尔喝喝喜欢

---

① 三鹰町，位于东京都中央部的武藏野台地的街区。

的酒，不与俗世同流合污，就这样一直过下去。我是不是很傻？可是，在这个世界上，应该会有一个那么美好的人吧，不管是当时还是现在，我都这样相信着。

那人额前戴着月桂冠，别人都没有能力看出来，所以他一定会被当成傻瓜对待吧，估计也不会有人想要嫁给他、照顾他吧，因此就由我去服侍他一辈子吧。我一直以为你就是那个天使。以为除我以外再没人知道。结果，哎，怎么样了呢？突然之间，你成了了不起的大人物。不知为什么，我羞得无地自容。

我并不是恨你功成名就。得知你那哀伤到不可思议的画作竟日渐为更多的人所喜爱，我每天夜里都要感谢上帝，高兴到要哭出来。住在淀桥公寓那两年，你随自己的心情画你喜欢的公寓后院，画深夜的新宿街头，钱全部用完之后，但马先生就过来挑两三幅画，作为交换，他会留下足够多的钱。那时候，当被但马先生拿走那些画时，你的样子非常落寞，从不关心金钱的事。每次但马先生过来，就会悄悄把我叫到走廊里，一定会认真地说"请多关照"并鞠躬，把一个长信封塞到我的和服腰带中间。你总是佯作不知，我也不会马上就查看那长信封里放了什么，不做这种穷贱之事。没钱就没钱呗，总能应付过去的。我也不会和你报告人家给了多少钱。

不想让你染上铜臭。我的确从未和你说过我想要钱、想要你成名这样的话。我以为,像你这样不善言辞、行事莽撞的人(对不住),又没有钱,肯定无法成名。但是,那些都是你装出来的。为什么?为什么?

自从但马先生过来和你商量开个人画展的时候开始,不知为何你忽然讲究起个人形象来。首先,开始出入牙医诊所。你有很多蛀牙,一笑起来就跟老头儿似的,但你一点都不以为意,即使我建议你去看牙医,你也只会开玩笑说:"没关系的,如果牙都掉光了就装上一口假牙,要是闪闪发光的大金牙,让女孩子喜欢上可怎么办呢?"你根本不去修牙,可这回不知是刮了什么风,工作间隙也经常出去,回来的时候一颗两颗金牙很是耀眼。

"喂,笑一个。"听我这么说,你那长满胡茬儿的脸一红,辩解说:"是但马那家伙,总唠叨这事儿。"口气软弱,真是少见。在我到淀桥后的第二年秋天,你办了个人画展。我很开心。你的画能够被更多人喜欢,哪怕只是多一个人,我都会觉得开心。我还真是有先见之明呢。没想到,在报纸上受到大肆赞扬,展出的画全部都卖光,连有名的画家都写信过来。这真是太过顺利了,让我觉得害怕。

虽然你和但马先生都强烈要求我"到会场来看看",我却全身发抖,一个劲儿地在房间里打毛线。你的那些画,二十幅、三十幅摆在一起,一大群人望着那些画,只需想象一下这种场景,我就能哭出来。我甚至会想,这等好事来得如此之快,一定会招来什么祸事。每个夜晚我都祈求上帝原谅。现在的幸福已经足够多,今后还望多多护佑,不要让我老公患病,不要出现这样的坏事,我祈祷着。

  受但马先生之邀,你每夜都去各个名家那里拜访。有时候到第二天早晨才回来,我并没有多想什么,你却不厌其烦地跟我讲前一天晚上的事情,某某老师怎么样啦,那真是个蠢货啦。喋喋不休说这许多无聊的事儿,完全不像之前沉默寡言的那个你。在那之前我已经和你一起生活了两年,一次都没听你背后中伤过别人。你嘴里说着某某老师如何如何,一副唯我独尊的样子,看起来好像毫不关心似的。

  你费这许多口舌,拼命想让我相信昨天晚上你没做任何有愧于我的勾当,其实你何必窝窝囊囊且拐弯抹角地辩解这许多呢?我又不是在真空中长大的,难不成我活了这么多年还真一无所知?如果你能够明明白白地告诉我,那我顶多也就痛苦个一两天,往后反而就轻松了。终归要做一辈子的夫妻。在那个方面,我本来就不相信男人,也不会胡乱猜疑。如果是那方面的事儿,我一点儿都不担心,也能笑着忍耐下去，可是，另外还有更糟糕的事情。

我们很快成了有钱人。你也忙得不可开交。二科会①吸收你成为会员。于是你渐渐觉得公寓的小房子太丢脸，但马先生也屡次建议我们搬家，并令人讨厌地向你传授秘技说："如果住在这样的公寓里，对你在社会上的声誉也没有好处，最重要的是画的价格总也提不上去，还是加把劲儿租一个大房子吧。"连你也意气风发地说："的确是那样的。住在这样的公寓里会被别人看低。"如此等等，说了些低俗的话。我心里不由咯噔一下，觉得非常孤单。但马先生骑着自行车四处奔走，替我们找到了这个三鹰町的房子。

年底，我们带着极少的家具搬到这个大得过分的房子里。在我还不知道的情况下，你就去百货商场买了许多高级家具，包裹一件接一件地从百货商场配送过来，弄得我心里堵得慌，然后又觉得十分悲哀。你这样做，简直和这一带常见的那些暴发户并无二致。可是，是我对不住你，我还努力做出高兴的样子欢呼雀跃。不知不觉，我成了那种惹人厌的"太太"。你甚至说要雇女佣，但唯独在这一点上我无论如何都不同意，

---

① 二科会，日本美术团体二科会。成立于1914年，创始人有石井柏亭、津田青枫等十一人，1944年因战争临时解散。战后1945年以东乡青儿为核心再次成立，1979年成为社团法人。现有绘画部、雕刻部、设计部、摄影部，每年秋天举办公募展览。

觉得很烦。我实在没有办法使唤人。

搬家之后不久,你就去印了贺年卡以及搬家通知,竟然有三百张之多。三百张!什么时候竟然结识了那么多人呢?我觉得你这是开启了异常危险的走钢丝之旅,太可怕了。将来一定会生出祸端。你并不擅长那些庸俗的应酬,不是能靠那些应酬获得成功的人。这样想着,我整天心惊胆战,惴惴不安地过日子,但你不仅没栽跟头,反而遇上各种好事。难道是我错了吗?

慢慢地,我母亲也经常造访这座房子。每次她都会拿出我的和服或是存钱簿来,心情很不错的样子。父亲也是,据说开始时很讨厌公司会客室的那幅画,就收到了储藏室里,现在却把它带到家里来,画框也换成好的,挂到了自己的书房里。池袋的大姐也写信嘱咐我说"请多照顾"。

来的客人非常多。有时候客厅里挤满了客人。那种时候,你爽朗的笑声都能传到厨房里来。你变得很健谈。以前你是那么沉默寡言,于是我一厢情愿地想:"啊,你什么都清楚,又觉得一切都很无聊,所以才总是这么沉默。"其实不是这样的,对吧?你在客人面前净说一些极其无聊的事。前一天刚从客人那里听来的画论,转身你就原封不动搬过来,当成自己的高见一本正经地大谈特谈。我和你稍微谈一点儿读小说时的感受,第二天你就会若无其事地对客人说:"莫泊桑①也是,果然对信仰心存畏惧呢!"你把我的愚论直接讲给人家听,当时我端着茶刚进客厅,羞得站在那里动弹不得。

以前你还真是一无所知呢。对不起。我虽然也是不通世故,但我至少算是拥有自己的话语,可你要么完全沉默,要么就只会鹦鹉学舌般照搬别人的话。尽管如此,你还是不可思议地成功了。

那年二科会的画夺得了报社的大奖,报纸上罗列了诸多让人难以启齿的最高级别的赞美之词。孤高、清贫、沉思、忧郁、祈愿、夏凡纳②,还有许多别的赞语。后来你和客人谈起那则报道,若无其事地说:"相比较之下,写得还算到位。"哎呀,你这是说了些什么话!我们并不清贫。你看看存钱簿!自从搬到这个房子里以后,你好像变了个人似的,嘴里离不开钱。有客户来托你画画,你一定会大言不惭地谈论价钱,一点儿也不怵。"事先讲明白为好,这样后面就不会发生争执,彼此也都心情愉快。"你会对客户说此类的话,我偶然听到时,还是会觉得不爽。为什么要如此执着于金钱

---

① 莫泊桑(Henri René Albert Guy de Maupassant,1850—1893),法国作家。
② 皮耶·皮维斯·德·夏凡纳(Pierre Puvis de Chavannes,1824—1898),法国画家。

呢？我认为，只要画出好作品，生活方面自然而然总会解决的。好好儿工作，且不为人所知，过着贫穷朴素的日子，这样比什么都快乐。我不想要钱，什么都不要。

心中存有远大的自尊，隐姓埋名地活着，这才是我的期望。你甚至开始检查我的钱包。一挣到钱，你就会把钱分开，分别放到你的大钱包和我的小钱包里面。放整整五张大额纸币在你的钱包里，把一张叠四下放到我的钱包里。其余的钱存到邮局和银行。我就只是在旁看着。存钱簿放在书柜的抽屉里，有一次我忘记锁了，你发现之后很不高兴，责备我说："这样不行啊。"这让我心灰意冷。

你去画廊收账，到第三天左右才回来，那天也是如此，深夜喝得醉醺醺地哗啦哗啦打开大门，还没等进屋呢就嚷嚷："喂，剩下了三百日元呢，快来看。"真是可悲。钱是你的，不管你花多少，我都不在乎。我知道，你消遣的时候偶尔也想狠狠花上一大笔钱。全部花光又怎样，你觉得我会因为这个灰心丧气吗？我也知道钱很重要，但我活着并不会只考虑钱。只剩下三百日元，拿回来时还一脸得意，你的想法让我觉得无比落寞。我一点儿都不渴望金钱，也不会想着要买什么、要吃什么或是要看什么。家里的家具也是大多靠废物利用能对付过去就好，和服也是重新染色翻新即可，一件新的都不需要买。无论如何我都能过下去。即使是一个毛巾架，我也不愿意买新的。那是浪费。有时你会带我去市区，请我吃昂贵的中国料理，可是我一点儿不觉得好吃。心里总是无法安定，战战兢兢的，真的是没有必要，太浪费了。比起三百日元来，比起中国料理来，如果你能在这所房屋的院子里搭一个丝瓜架，我不知道会高兴成什么样！套廊有十三平方米见方，日晒得那么厉害，搭上个丝瓜架应该再合适不过了。我求过你好几次，可你总是说请花匠来做就好，就是不肯自己动手。我做不出请花匠这种装有钱人的蠢事儿。明明求你来搭建，你却一个劲儿地推托说"好，好，明年吧"之类的，拖到现在终究没付诸实施。

对你自己的事儿，你铺张浪费得厉害；对别人的事儿，你却总是漠不关心。我记不清那是什么时候的事了，你的朋友雨宫先生因为太太的病而资金周转不开，来找你商量。你特地把我叫进客厅，一脸严肃地问："家里现在有没有钱？"我听到这话，觉得又奇怪又无聊，很是为难。正当我红着脸，扭扭捏捏的时候，你嘲讽似的说："别藏着啦。四处翻翻看，二十日元总还是能找到的吧。"我一下惊呆了。才二十日元。我重新盯住你的脸。你像是要用一只手拂去我的视线，嚷着："好啦，借给我吧，不要小里小气的。"然后你又朝向雨宫先生,彼此笑着说了些"到了这种时候,没钱真是难受"之类的话。我愣在那里,再也不想开口。你和清贫根本就不沾边。

再说忧愁,现在的你身上哪还有半分美丽的忧愁之影?正相反,你是一个肆意而为的乐天派。你不是每天早上都在盥洗室里大声地唱着"嗨哟嗨哟喂哟"① 吗?我都没脸见左邻右舍了。"祈愿""夏凡纳",真是糟蹋了这些词。说什么孤高,你周围净是一群阿谀奉承的拍马溜须之徒,难道你没有发现?你被来到家中的这些客人尊称作"老师",片面地把某人的画全都狠批一顿,说得就跟没有一个人和你真正志同道合似的。可是,如果你真的这样想,就不需要如此这般胡乱中伤别人以博得客人们的赞同了。连客人们表示赞成的那些场面话,你都很稀罕。"孤高"二字从何谈起呢?只要一来人,你就费尽周章让人家表达对你的敬佩之情。为什么非得那样做?你还很会撒谎。去年你退出二科会后创立了那个叫新浪漫派的团体时,我暗自神伤,感觉很是凄惨。因为那些全部都是你背地里狠狠嘲笑过、被你瞧不起的人,你纠集他们建立了那个团体。你简直是不讲原则。在这个世界上,你这样的生存方式果真是正确的吗?

葛西先生过来时,你俩大讲雨宫先生的坏话,又是愤慨

---

① "嗨哟嗨哟喂哟"("おいとこそうだよ"),出自日本宫城县民谣《嗨哟嗨哟小调》(《おいとこ節》),后作为酒席上的助兴歌曲广泛传唱。

又是嘲讽的,而当雨宫先生来的时候,你对雨宫先生表现得非常亲切,感动地说着"只有你才是我的朋友",别人根本看不出你这是在撒谎,然后你又抨击起葛西先生。

这世上的成功人士,全都是像你这样行事、像你这样做人的吗?你可真行,竟然能不栽跟头一直活下去,我觉得这很不可思议,心里有一种说不出的恐惧感。一定会有坏事发生!只管发生好了。为了你,也为了证明神的存在,请来上一件什么坏事吧。我甚至会在内心某处这样祈祷。但是,并没有坏事发生,一件都没有,照旧是好事不断。你的团体在第一届展览会上好像得到了特别高的评价。听客人们谈论,说你的那幅菊花图愈显心境澄明,上面似有高洁的爱情散发着馥郁的芬芳。怎么会那样呢?我只觉得不可思议。

今年过年的时候,你第一次带我去那位有名的冈井老师家拜年,据说冈井老师是你画作最热心的支持者。老师那么一位有名气的大家,住的房子似乎比我们的房子还要小。那才是真正的大家。他胖墩墩的,让人觉得稳如磐石,盘腿坐着,锐利的目光透过眼镜框上方打量着我,一双大大的眼睛,真正的孤高之人才有那样的双眼。我就像第一次在父亲公司那冰冷的会客室里看你的画时那样,身体忍不住微微颤抖起来。老师毫不拘礼地简单说了几句。他看着我开玩笑说:

"哎呀，你太太真不错，很有出身武士之家的风范呢。"结果你却认真起来，扬扬自得地说："是的，她的母亲是士族。"听得我直流冷汗。我母亲怎么就成士族了呢？父亲和母亲都是如假包换的平民。莫不是这一阵子你被人怂恿，慢慢竟讲起"妻子的母亲是华族"这种话吧？太可怕了。就连老师这样的人物都无法完全识破你的伎俩，实在是不可思议。难道这个世界上净是些这样的事情吗？

老师问起你最近的工作，说你一定很累，安慰了你好几次。我想起你每天早晨高唱"嗨哟嗨哟喂哟"时的样子，实在是搞不懂了，频频觉得滑稽，差点没忍住要笑出声来。从老师家出来，才走出去不到一百米，你踢开一块石子，说："呸，就会对女人说好听的，讨厌。"我惊呆了。你好卑鄙。明明刚才还在那位了不起的老先生跟前点头哈腰，转过身马上就骂起人家来，你是疯了。

从那一刻起，我决定要和你离婚。我再也忍不下去了。你肯定错了。如果能降下一场祸事就好了。可是，祸事依然没有发生。你好像连但马先生对你昔日的恩情都忘了，和朋友聊天时会说"但马那个混蛋又来做什么"。渐渐地，但马先生好像也知道了，他自己说着"混蛋但马又来喽"，若无其事地笑着从后门走进来。我已经完全看不懂你们了。人的自尊究竟哪里去了？我要离婚。我甚至会觉得，是你们这些人串通一气在愚弄我。

那天你去电台做广播，谈什么新浪漫派对时局的意义①。我当时正在餐厅读晚报，忽然听到你的名字播送出来，然后是你的声音。在我耳中，那听起来像是陌生人的声音。多么肮脏浑浊的声音啊！让我觉得你是个讨厌的人。隔得远远地就能准确地批判你这个男人。你是个普通人。今后或许也会继续飞黄腾达下去吧。真无聊。听到你说"我能有今天"这句话，我关掉了收音机。究竟打算干什么呢？有点羞耻心好不好！"能有今天"这种愚蠢无比的话，请不要再说第二次。啊！你早些栽个大跟头该有多好。

那天晚上我早早歇下。关掉电灯，一个人仰面躺着，听到脊背下面有蟋蟀在叫。它在地板下面叫，刚好就在我脊背的正下方，于是总觉得像是有一只蟋蟀正在我脊椎里面叫。我决定一辈子都不忘记这小小的微弱的叫声，我要把它藏到脊椎中，带着它活下去。有时候我也会想，这个世界肯定会认为你是正确的，认为错的反倒是我，可是我实在不明白我哪里错了，怎么错了。

---

① 指日本二战时期非常时局下的意义，具体指为1940年近卫文麿推行的"新体制运动"摇旗呐喊，该运动旨在确立"举国一致的战时体制"。

千代女

女人就是不行。又或者，在女人里面，只有我这个女人最是无用。总之，我觉得自己真的是糟透了。说是这样说，可我又觉得自己还是有某些长处的，觉得自己尚可指望，这固执的想法顽强、邪恶地盘踞在我内心的角落里，于是我愈加看不清自己。现在，自己的头上像是罩了一口生锈的铁锅，异常憋闷，简直受不了。我一定是太笨了。真的是很笨。明年就十九岁了，我不再是孩子了。

十二岁那年，柏木舅舅把我的作文投给《青鸟》①，被选为一等奖，被了不起的评委老师极力予以褒奖，但自那以后我就一蹶不振了。那篇作文真是让人惭愧。写成那样，真的可以吗？究竟是哪里写得好呢？那篇作文的标题是《跑腿》，写的是我替父亲跑腿去买"金蝙蝠②"这样一件芝麻小事。香烟店的大妈给了我五盒"金蝙蝠"，盒子都是绿颜色的，看着太单调，于是我退还回去一盒，请大妈给换成朱红色盒子的香烟，可是这样一来钱就不够了，真是很为难。大妈笑着说："下次再给吧。"我感到非常高兴。绿色烟盒上面再摆上一盒红色的，托在手掌上，就像樱草那样好看，我心里雀跃不已，简直要迈不开步。写的就是这样一件事，总觉得太过孩子气，太矫情，现在我回过头来想一想，只觉得焦躁不安。

随后不久，还是在柏木舅舅的建议下，又投了一篇作文《春日町》，这次并没有发在读者投稿栏，而是印成大大的铅字登在了杂志首页的页面上。《春日町》那篇作文的大致内

---

① 《青鸟》，儿童文学家铃木三重吉于 1918 年创刊的儿童杂志，为日本战前"生活写作运动"的阵地之一。
② 金蝙蝠（Golden Bat），日本最有名的香烟品牌之一，1906 年开始销售。烟盒上印有金色蝙蝠图案。

容如下：住在池袋的姨母这次搬到了练马①的春日町，院子也大，就极力邀请我去玩，六月的第一个星期日，我从驹达站坐上省线②，到池袋站换乘东上线的电车，然后在练马站下了车。下车后放眼望去全是农田，我搞不清春日町在哪边，问了地里干活的人，也都说不知道有那样一个地方，于是我急得快要哭了。

那天天特别热。最后我问到一个四十岁左右的男人，当时他正拉着一辆堆满空汽水瓶子的两轮拉车朝前走，听到我的询问，他凄然笑了笑，止住脚步，脸上的汗止不住地流下来，他用脏成深灰色的毛巾擦着汗，嘟囔了好几遍"春日町，春日町"，并使劲儿想了一会儿。然后他和我说："春日町特别远。从那边的练马站坐上东上线往池袋方向去，到了池袋再换乘省线，抵达新宿站后再换乘东京方向的省线，在一个叫水道桥的地方下车，路程特别远。"他用生硬的日语拼命解释着，想来那大概是去本乡的春日町的路线。从他的话里，我马上就能听出来，他是一个朝鲜人。于是我更为感激，心里五味杂陈。日本人虽然知道，却因为觉得麻烦就推

---

① 练马，现为东京都的一个区，1947年从板桥区分离出来。住宅区，盛产蔬菜。
② 省线，指省线电车，国营铁路电车的旧称。

说不知道，而这个朝鲜人虽然不知道，却在想尽办法大汗淋漓地尽量给我指路。我和他说："叔叔，谢谢你。"按照叔叔教我的，我到练马站去坐上东上线，然后回了家。

我真想一直坐到本乡的春日町去。回家以后，忽然有些悲伤，觉得身体不舒服，我便把这件事情照实写了下来。结果，文章被印成大大的铅字登在了杂志首页的页面上，成了一件不得了的大事。

我家位于沊野川①的中里町。父亲是东京人，母亲是伊势②人。父亲在私立大学做英语教师。我没有哥哥姐姐，只有一个体弱的弟弟，今年升入了市立中学。我决不讨厌我的家人，可即便如此还是觉得非常孤单。以前则很好。真的很好。跟父亲和母亲都能尽情撒娇，总说些逗乐大家的玩笑话，让整个家里充满笑声。我对弟弟也很温柔，曾经是一个好姐姐。但自从那篇作文在《青鸟》上登出来以后，我忽然变成了一个胆小怕事、惹人厌的孩子。甚至还会和母亲吵架。

《春日町》在杂志上刊登之后，评委岩见老师写了一篇有我作文两三倍篇幅的读后感，发表在同一个杂志上，我读了之后觉得很失落。老师肯定是被我骗了。和我相比，我觉

---

① 沊野川，东京都北区的地名。原为江户近郊的农村。
② 伊势，日本旧国名之一。相当于现在三重县的大部分。

得岩见老师是一个比我更心灵美好、单纯的人。之后，在学校也是如此，作文课的时候，班主任泽田老师把那本杂志带到教室里来，把我那篇《春日町》全文抄写在黑板上，异常兴奋，以怒斥般的声音表扬了我一个小时。我只觉呼吸困难，眼前阵阵发黑，自己的身体仿佛正在石化，真是可怕。虽然被狠狠表扬了一通，但我明白那毫无价值，如果今后我写了蹩脚的作文，一定会被大家取笑，那将是何等的羞耻和痛苦啊！我一直在担心这些，简直都不想活了。

再说泽田老师，他并不是真心欣赏我的作文，只是因为我的作文被杂志印成了大大的铅字，还得到了有名的岩见老师的夸奖，所以他才会那么兴奋。这事儿就连孩子也大致能察觉出来，于是我更加觉得孤独得无法忍受。在那之后，我的担心果真全部变成了事实。发生的净是些痛苦、羞耻的事。

学校里的朋友突然和我疏远起来，就连之前关系最好的安藤同学也故意捉弄我，以讥讽的语气管我叫"一叶小姐①"或是"紫式部②大人"，很快就从我这里逃开，加入之前她非常厌恶的奈良和金井的小帮派中，从远处隐隐约约地看到我，一起窃窃私语，其间还会哇啊地齐声高呼，卑鄙地加上伴奏。

---

① *一叶小姐，樋口一叶（1872—1896），女，日本小说家、和歌诗人。*
② *紫式部（973—1014），日本平安中期的女作家。《源氏物语》作者。*

那时起我这一辈子都不想再写文章了。在柏木舅舅的怂恿下糊里糊涂地投了稿，实在是糟糕。柏木舅舅是母亲的弟弟。在淀桥的区政府工作，今年已经三十四五岁了，他的孩子去年也已经出生，但他还当自己是年轻人，有时会喝酒喝过头，还会犯错误。每次来，他都得从母亲这里要些钱才回去。听母亲说起过，上大学之后，他打算做小说家，就努力学习，前辈们也都对他很期待，没想到他交友不慎，跟着损友学坏了，大学也没上完就中途退学了。听说他读的小说非常多，日本小说和外国小说都有。七年前硬要我把拙劣的作文投给《青鸟》的，就是这个舅舅，之后的七年里一有机会就来折磨我的，也是这个舅舅。

当时我讨厌小说。现在虽然又有所不同，但那个时候，我那无聊的作文连着两次登在杂志上，害得朋友们故意难为我，班主任老师也对我特殊对待，我非常郁闷，真的厌恶起写作来。那之后不管柏木舅舅如何巧舌如簧地煽动，我都坚决不再投稿。如果他逼得太紧不肯罢手，我就放声大哭。学校上作文课时，我一个字都不写，就在作文本上画圆圈或三角形，抑或是新娘人偶的脸之类的。泽田老师把我叫到教师办公室，批评我说："骄傲自满可不行，一定要自重。"我很是懊恼。不过，没多久我就小学毕业了，好不容易从那些痛苦中逃离了出来。

自从升入御茶水女子中学以后，班上没有一个同学知道我那无聊的作文中奖之事，我总算松了口气。上作文课的时候，我就随便写写，得个普通分数就行。就只有柏木舅舅还是那样，总是啰里啰唆地讽刺我。他每次到家里来都会带上三四册小说，总说要我读。有时候我会试着读读，但那些书对我来说太难，看不太懂，大多时候我假装已经读过，便把书还给了舅舅。等我升到女中三年级时，《青鸟》的评委岩见老师突然给我父亲寄来一封长信。信上说是因为觉得我的才能很宝贵，因为里面那些话让人害羞，我根本说不出口，总之是大肆表扬了我一番，说如果就这样埋没掉会很可惜，让我再稍微写写，他可以为我介绍刊登的杂志。他非常认真、恳切地说了这些话，我实在愧不敢当。父亲一言不发地把那封信递给我。我读过之后觉得岩见老师的确是一位严肃的好老师，不过，背后一定有舅舅在插手此事，从信的字面上就能清清楚楚读出这一点。舅舅一定是施展了什么小伎俩去接近岩见老师，多方谋划让对方给我父亲写了这样一封信。肯定没错。我快要哭出来了，说："是舅舅拜托人家的。一定是的。舅舅为什么要做这种可怕的事情呢？"我抬头看看父亲，父亲好像也已经完全看出来了，轻轻点着头，表情凝重地说:"柏木弟倒不是出于坏心,可这让我们很为难,该怎么向岩见先生回复呢?"

父亲好像打从前就不太喜欢柏木这个舅舅。我作文获奖的时候也是如此,母亲和舅舅都非常高兴,唯独父亲斥责了舅舅,说不应该让我做这种刺激性强烈的事情,之后母亲略带不满地说给我听。母亲总是说舅舅不好,可是如果父亲说舅舅不好,哪怕只有一句,她也会勃然大怒。母亲是个温柔、爱热闹的好人,可是一说到舅舅,她偶尔也会和父亲起争执。

舅舅是我家的恶魔。岩见老师寄来那封恳切的书信的两三天后,父亲和母亲终于激烈地争吵起来。晚饭的时候,父亲说:"岩见先生讲得那么情真意切,咱们也不能失礼,务必得由我带着和子去一趟,好好解释一下和子的想法,也道个歉。只是写回信的话,恐怕会产生误会,搞得人家不高兴,那就不好了。"父亲说完,母亲低下头稍微想了一会儿说道:"这是弟弟不好。真是给大家添麻烦了。"她抬起头,用右手小指轻轻拢了拢鬓间的头发,然后飞快地说:"或许因为我们傻吧,和子得到了那么有名的一位老师的称赞,我就想着今后也要请人家多关照。如果真是块料儿,我就想打磨打磨看看。虽然总是被你骂,可你是不是也有点顽固过头了?"说完微微笑了笑。父亲停下筷子,用教训人的口气说:"说什么'打磨打磨看看',一切都无济于事。女孩子的文才终究有限。因为一时稀罕就瞎折腾,那样只会断送掉她的一生。和子也觉得害怕。女孩子平平凡凡地嫁人、做个好母亲,这才是最好的人生。你们这是利用和子来满足你们自己的虚荣心和功利心。"

母亲根本不想听父亲说这些,伸出胳膊狠狠地把我旁边炭炉上的锅拿到下面,嘴里喊着"好烫",把右手拇指和食指贴在嘴唇上,头扭到一边说:"呀,太烫了,烫死我了。可是,我弟弟那样做也并非出于坏心呀。"这下父亲把饭碗和筷子都放下来,大声地说:"说多少遍你才能明白。你们这是要让和子充当牺牲品。"他左手轻轻按了按眼镜,正要继续开口说下去时,母亲突然哭了起来。她一边用围裙擦眼泪,一边毫不留情地说起父亲的工资以及我们的服装费等和钱有关的事情,父亲摆摆下巴示意我和弟弟出去,于是我催着弟弟退到了书房里,争吵声从餐厅那边传过来,足足吵了有一个小时。

母亲平时是那种很随性爽快的人,可一旦骤然兴奋起来,说出口的净是些极其粗野的话,简直无法入耳,我只觉得悲伤难过。第二天,从学校下班回来的路上,父亲去了岩见老师家致谢并道歉。早上父亲劝我也一起去,可我因为害怕，下嘴唇哆嗦个不停，根本没有勇气前去拜访。那天晚上父亲七点左右回到家，对母亲和我说岩见先生虽然还很年轻，却是一个非常了不起的人。他很理解我们的想法，反而向父亲道歉，说他自己其实也不太建议女孩子走文学这条路，虽然没有明确说出名字，但看样子的确是柏木舅舅再三拜托他，他不得已才给父亲写的信。我捏了捏父亲的手，父亲从眼镜后面悄悄对我眨眼笑了笑。母亲好像把什么都忘了，态度沉着冷静，频频点头表示赞成父亲的话，再也没说什么。

那之后很长一段时间，舅舅都没怎么露面。偶尔过来，对我也是莫名其妙地很见外，而且马上就会回去。我把作文的事忘得干干净净，从学校回到家就收拾花坛、跑腿买东西、在厨房帮忙、当弟弟的家教、做针线活、温习功课、给母亲按摩等等，为大家效力，忙得不亦乐乎，日子过得很带劲。

可是，暴风雨还是来了。那是我上女中四年级时候的事情。过年时，小学的泽田老师突然来家里拜年，父亲和母亲看起来觉得既稀奇又怀念，高兴地接待了他。据泽田老师说，他很早以前就不做小学的工作了，现在正四处做家教，日子过得自由自在。可是，说句失礼的话，凭我的直觉，他看起来并不那么自在,他的年纪应该和柏木舅舅差不多,可给人的感觉却是过了四十岁了,不,应该是年近五十的感觉,虽然他以前长得就很显老,可这四五年没见的工夫,他好像已经老了二十多岁,看起来疲累不堪。他连笑都没有力气,勉强想笑的时候,脸颊上堆起苦涩僵硬的皱纹,与其说可怜,应该说更给人一种卑贱的感觉。头发依旧剃得很短,快成光头的样子,但白头发看着明显增多了。和从前不同的是,他一味胡乱地拍我的马屁,搞得我张皇失措,继而又觉得痛苦。说我长得漂亮且端庄文雅,满嘴露骨的奉承话,让人听不下去,就好像我是老师的上司一样,极尽殷勤奉承之能事。他对着我父母絮絮叨叨讲起我小学时候的事情,惹人生厌,就连我好不容易才如愿得以忘记的作文那件事都抖搂出来,还大言不惭地说:"这样的才华真是难得。那时候我对小学生的作文没怎么上心,也不懂用作文来提升儿童心智这样的教育方法,现在不一样了。我充分研究了小学生作文,对那种教育方法也有了自信。怎么样,和子小姐,要不要在我全新的指导下再学一次作文呢?我一定会……"他也是仗着喝了太多的酒,竟然盛气凌人地夸起了海口,最后纠缠不休地说:"来,和我握个手吧!"父亲和母亲虽然脸上赔着笑,但心里似乎早已腻烦透了。然而,那天泽田老师喝醉之后说的那些却并非说过就算的玩笑话。过了十天左右，他又一本正经地来到我家对我说："那么，我们开始一点点地进行作文基本练习吧。"搞得我不知如何是好。

后来我才知道，原来泽田老师在小学里因为学生备考的事出了问题，被学校辞退，之后的日子并不好过，他就到以前的学生家里拜访，死乞白赖连蒙带骗地做起了家庭教师，靠这行当混口饭吃。新年来过之后，他马上偷偷地给我母亲写信，极力夸奖我的文才，还举出那一时期出现的写作热、天才少女的事迹等例子来撺掇我母亲，母亲之前就一直放不下我写作的事，于是回信说请他一周一次来做家教，对父亲则强硬地表示这么做是为了稍稍救助一下泽田老师的生计，父亲好像也觉得泽田老师是和子之前的老师，也不能说不许过来，这事就勉勉强强确定了下来。

泽田老师每周六过来，在我的书房里叽叽咕咕地只说些无关紧要的蠢话，可把我烦透了。"所谓文章，首先必须准确地使用助词。"他把这些稀松平常的东西当成了不起的大事，说了一遍又一遍，"'太郎玩院子'，错。'太郎往院子玩'，也错。必须写成'太郎在院子里玩'这样。"听他这样说，我嘻嘻笑起来，他用十分怨恨的眼神紧紧盯住我的脸，长叹一口气说："你不够诚实，一个人不管有多少才华，如果没有诚实的品性,则做任何事都不会成功,你知道寺田正子①这个天才少女吗?她出身贫寒,想要学习却连一本书都买不起,经济拮据得非常可怜,可她就是不缺诚实,严格执行老师的教导,所以才得以写成那么多的名作,对授业老师来讲,那也是非常有意义的,对吧?如果你能再多一些诚心,那么我也能把你培养成寺田正子那种级别的,不,你的环境更加优越,我能把你培养成一个大作家,我认为自己在某些方面能比寺田正子的老师更为进步,那就是在德育这个方面。你知道卢梭②这个人吗?让-雅克·卢梭,公元一六〇〇年?不,是公元一七〇〇年?一九〇〇年?笑吧!笑个够好了!你仗着自己有几分才能就不把老师放在眼里,以前有一个人叫颜回③……"他信口开河地说起来,过了一个小时左右,若无其事地打住,只说了句"留待下次再讲",便从我的书房走了出去,到餐厅和母亲闲聊一会儿就回去了。

---

① 此处的寺田正子的原型人物是日本随笔作家丰田正子(1922—2010)。丰田正子出身于东京一个贫苦工人家庭,小学四年级时的二十六篇作文由她的老师大木显一郎编为《作文教学》(中央公论社,1937)出版,一时成为畅销书,并被拍成电影。
② 让-雅克·卢梭(Jean-Jacques Rousseau,1712—1778),法国启蒙思想家、哲学家、教育家、文学家。
③ 颜回(公元前521—公元前481),字子渊,春秋末期鲁国人,孔门七十二贤之首。

虽然对小学时候教过自己的老师说三道四不是什么好事，但对这个泽田老师我真的只能想出"昏聩无能"这个词来评价。"文章中的描写非常关键，没有描写的话就看不懂是在写什么"等等，他一边看小记事本，一边讲这些太过常识性的东西。"比如说形容下雪时候的场景，"他把记事本收到胸前的口袋里，继续说，"你看到窗外细细的雪花下得很大，就跟假的似的，说'雪哗啦哗啦地下'，这样就不行。没有下雪的感觉。'不停地下'，这样也不行。那'翩翩飘落'，这句怎么样呢？还是不太够。'簌簌地下'，这句近了些。下雪的感觉渐渐出来了。这句有意思。"他独自摇头晃脑沉醉其中，双手抱着胳膊继续说："'淅淅沥沥'这个词总觉得是用来形容春雨的，果然还是数'簌簌'最好。对了，'簌簌翩翩'，这样连着用也不失有趣。簌簌翩翩。"他低声嘟囔着，眯起眼睛，像是在品味欣赏形容的那个样子。忽然，他又说道："不，还是不到位，啊！'雪似鹅毛飞散乱'[1]？古文的确精准，'鹅毛'，说得多么好啊！和子小姐，你明白了吧？"这才转身朝向我。我突然觉得老师既可怜又可恨，简

---

[1] 唐代诗人白居易《酬令公雪中见赠，讶不与梦得同相访》诗句："雪似鹅毛飞散乱，人披鹤氅立裴回。邹生枚叟非无兴，唯待梁王召即来。"在日本被广泛传唱。

直让我想哭出来。即使如此,我还是坚持了三个月之久,持续不断地接受这枯燥、荒唐的教育,最后我实在已经忍无可忍,只要一看到泽田老师就会厌烦。

终于,我一五一十地跟父亲说了此事,请求他不要再让泽田老师过来。听了我的话,父亲说了句"真没想到"。父亲本来就反对请家教,只因碍于稍稍资助一下泽田老师的生计这一名目,才把他请过来的,没承想他的作文教学竟然如此不负责任,原本还想他每周来一次,能对和子的课程学习稍有帮助。于是,父亲立刻和母亲大吵一架。我待在书房里,听着餐厅的争吵声尽情地大哭。因为我造成这么大的混乱,再没有像我这样不孝的坏女儿了。事已至此,我也想过干脆专心地学习写作文或是小说,好让母亲高兴,可我做不到。我已经什么都写不出来了。从最开始我就没什么文才。即便是形容下雪,也一定是泽田老师比我高明得多。明明我自己什么都写不出来,还在那里取笑泽田老师,真是个愚蠢的女孩。连"簌簌翩翩"这类形容词,我都完全想不出来。听着餐厅那里的争吵,我深感自己作为女儿实在是糟糕透顶了。

那天,母亲没吵过父亲,泽田老师从此再也没有出现过,可是坏事儿接二连三地发生了。在东京的深川,一名十八岁的姑娘金泽富美子①写出了非常优秀的作品,广受好评。她的书比那些伟大小说家的书卖得都要多得多,一下子成了大富翁。柏木舅舅一脸得意地来到我家,把这故事说给母亲听,看那样子就像当上大富翁的是他自己一样,于是母亲再次兴奋不已,饭后她一边收拾厨房一边兴致勃勃地说:"和子明明也很有文才,要写就能写好,怎么会这样子了呢?现在和以前不一样,即便是女人,也不能一味只缩在家里,稍微让柏木舅舅教一教,写写看也好,柏木舅舅和泽田老师可不一样,毕竟是上到大学的人,不管怎么说还是靠得住的,如果真能赚大钱,那你父亲也就说不出什么了。"

从那时候起,柏木舅舅再次来到我家,几乎每天都来,把我拉进书房,训话说"先写日记,只要把所见所想如实地写下来,那就已经是优秀的文学了"。还拿很多听起来很难的大道理来开导我,但我根本不想写,所以每次都是随便听听敷衍了事。按母亲的脾气,兴奋过后很快就能清醒,那一时的兴奋也就能持续一个月左右,后面就会忘掉。唯独柏木舅舅,非但没有醒过来,还一脸严肃地说:"这次下定决心,

---

① 此处金泽富美子的人物原型是日本作家野泽富美子(1921—2017)。野泽富美子出生于神奈川县横滨市,小学毕业后做过女佣、女工,19岁时出版短篇小说集《砖厂女工》(第一公论社,1940),一时纸贵。二战后加入日本共产党,晚年加入日本民主主义文学会。

一定要让和子成为小说家。"父亲不在家的时候,他还大声地对我和母亲说:"和子终归是要做小说家的,此外没有别的出路,这么聪明得出奇的一个孩子,不能普普通通就嫁人,还是断了一切杂念,专心于艺术之路吧,只能如此。"他说得这么夸张,就连母亲也觉得不舒服,凄然笑着说:"这样啊,那和子不是挺可怜的吗?"

有可能是被舅舅说中了。第二年,也就是现在,我从女中毕业,对舅舅那恶魔般的预言,既觉得痛恨得要死,又觉得或者真是那样,在内心深处偷偷地加以肯定。我是个没用的女人。一定是因为太笨。自己渐渐看不懂自己。离开女中之后,突然之间我整个人都变了。我每天都很憋闷。不管是干家务、收拾花坛,还是练习古筝、照顾弟弟,一切都让我觉得很无聊,一味背着父亲和母亲读那些轻浮的小说,甚至读得入了迷。小说为什么净是这样一味写人那些秘密的坏事情呢?我满脑子都是些淫秽的幻想,变成了一个肮脏的女人。现在我很想像之前舅舅教的那样,把我的所见所想如实地写下来,向上帝致歉,可是我又没有勇气那样做。不,是没有才华。这种感觉就像头上罩了一口生锈的铁锅,根本无法忍受。我什么都写不出来。最近,还是想写写看。前些天我偷偷地练笔,以《睡眠盒子》为题把某天夜里的无聊之事写在记事本上，拿给舅舅读。结果舅舅还没读到一半就丢开记事本，一脸扫兴的样子，严肃地说："和子，你已经离女作家太远，放弃吧。"然后，舅舅一边苦笑一边以带有劝告的语气对我说："文学这东西，没有特殊才能还真做不来。"倒是父亲，现在总是随和地笑着说："要是喜欢，写写看也很好嘛。"母亲有时候会从别的地方听到金泽富美子或是其他女孩一举成名的传闻，然后就会很兴奋地说："和子也是，只要写就能写好的，但没有毅力可不行，以前加贺①有一个千代女②，最开始到师父那里学习俳句的时候，师父让她先以《杜鹃》为题写写看，她立刻写了各种俳句拿给师父看，但师父就是不肯松口说好，于是千代女一整晚都没睡，一直在思索，等她回过神来的时候天已经亮了，无意间说出一句'心思杜鹃句，静待杜鹃声，不觉已天明'③，给师父看过之后，师父这才第一次表扬说：'千代女真了不起！'所以说，凡事都需要毅力。"母亲说着喝了一口茶，低声念叨："心思杜鹃句，静待杜鹃声，不觉已天明。"并兀自表示钦佩："真是的呢，写得可真好。"

---

① 加贺，日本旧国名，北陆道七国之一。
② 千代女（1703—1775），江湖中期的女俳人。加贺人。师从各务支考、中川乙由等人。著有诗集《千代尼句集》《松之声》等。
③ 日文原文为"ほととぎす、ほととぎす、とて明けにけり"。

可是,妈妈,我不是千代女。我是一个什么都写不出来的低能文学少女,钻进被炉①里读着杂志就会犯困,于是觉得被炉是人类的睡眠盒子,试着写了一篇这样的小说,却被舅舅看了一半就给扔掉了。我之后又读了一遍,的确觉得很无趣。要怎样做才能写出好小说呢?昨天我偷偷寄了一封信给岩见老师,信里说请他不要放弃七年前的那个天才少女。或许我很快就要疯掉了。

---

① 被炉,日式取暖用具,亦称暖桌。

耻

菊子啊。我丢人现眼了。出大丑了。"羞得脸上冒火"之类的表达都不足以形容。真想满草地上打滚儿,哇哇大声喊叫,这样说也还是觉得不够。《撒母耳记》①下中写道:"塔玛尔②把灰撒在头上,撕破身上穿的彩衣,双手抱着头,一边走一边哭喊。"可怜的妹妹塔玛尔。年轻女子羞得无地

---

① 《撒母耳记》(Samuel),《圣经》旧约中的一卷,分上下两册,记载了以色列王国第一位国王扫罗和第二位国王大卫执政期间的历史。
② 《撒母耳记》下第13章记载:"大卫的儿子押沙龙有一个漂亮的妹妹,名叫塔玛尔。大卫另一个儿子暗嫩爱上了她。"塔玛尔被暗嫩玷辱并逐出门。

自容的时候，真的就想把灰撒在头上放声大哭呢。我明白塔玛尔的感受。

　　菊子，果然和你说的一模一样。小说家就是人渣。不，是魔鬼。太过分了。我丢人丢大了。菊子。我之前一直对你保密来着，其实我在偷偷地给小说家户田寄信呢。后来终于去见了他一次，出了个大丑。真无趣。

　　我从头开始全部讲给你听吧。九月初的时候我给户田寄去这样一封信。写得很是拿腔拿调。

　　　　对不起。虽然知道这不合常理，但还是写了这封信。我认为足下的小说肯定连一个女性读者都没有。

　　　　女人，只会读那些被大肆宣传过的书，女人没有自己的喜好。别人在读，所以我也要读，是因为这样一种虚荣才读书的。女人盲目尊敬那些看上去知识渊博的人，过于相信那些无聊的道理。

　　　　虽然这样说很失礼，但足下您确实一点儿道理都不懂。好像也没什么学问。

　　　　我从去年夏天开始读足下的小说，个人觉得差不多已经全部读完了。所以我都不需要见足下，却对足下身边的情况、容貌、风采等所有一切都很了解。我认为足下连一个女性读者都没有这事是确定无疑的。足下把您自己的贫寒、吝啬、卑劣的夫妻吵架、不好的疾病、相貌过于丑陋、衣衫不整、嚼着章鱼腿儿喝酒、酒后闹事躺在地上、一屁股债以及其他很多不光彩且卑鄙无耻的事情都毫不掩饰地讲述出来。那样是不行的。女人生性以干净为尊。

读足下的小说,虽然也觉得足下有些可怜,但读到足下写得头顶也开始秃了、牙也稀里哗啦开始掉了的这些地方,终究觉得写得太过分,唯有苦笑而已。对不起。我想鄙视足下。况且足下好像还去过那种令人难以启齿的肮脏之地找女人,不是吗?那就足以定性了。有时候我也是捏着鼻子才能读下去。女人无一例外地都会蔑视、讨厌足下,这是必然的。我读足下的小说都得瞒着朋友。如果被朋友知道我在读足下的东西,我一定会遭到嘲笑,我的人格将受到质疑,她们会跟我绝交。万望足下也反省一下。我看到了足下的不学无术、文章拙劣、人格低下、思虑欠缺、头脑蠢笨等无数缺点,同时也发现在那深处有着一缕哀愁感。我很看重那份哀愁感。其他女人都不会懂的。

前面我也说过,女人,都是靠虚荣在阅读,所以盲目喜欢那些假装高雅的避暑胜地之恋或是看似很有思想的小说。但我却并不只是那样，我相信存在于足下小说深处的那种哀愁感也是很宝贵的。

还望足下不要因自身容貌的丑陋、过去的恶行以及文章的拙劣而感到绝望，请一定珍视足下独有的这份哀愁感，同时注意健康，试着现在开始稍稍学一些哲学或语言学来深化思想。假如将来足下的哀愁感能够得到哲学性的升华，那么足下的小说亦将不复如今日这般备受嘲笑，足下的人格也将得以形成。在其形成之日，我也将摘下面纱，明确告知我的住址和姓名，并与足下见面，但现在，只能止步于此，于远处声援足下。

事先声明一下，这并非书迷的爱慕信。请勿拿给您太太看，切勿粗鄙地说什么"俺也有女书迷了"来取笑我。我是有自尊的。

菊子，我写的大体就是这样一封信。"足下、足下"地称呼是有些不妥，但户田和我年纪差得很多，所以不能用"你"来称呼，而且这样叫会显得太过亲密，非常不好。万一户田忘了自己的年龄兀自陶醉、生出些奇怪的念头来，那可就麻烦了。也不能叫他"老师"，对他没有那么尊敬，而且户田并没有什么学问，我觉得称呼"老师"很不自然。于是决定称呼他为"足下"，可是"足下"也还是多少有些奇怪。

我寄出这封信后却并没有感受到良心的苛责。我觉得自己做了一件好事。对那些可怜人，即使只是尽一份绵薄之力，我都会感到高兴。但我在这封信上并没有写住址和姓名。因为我害怕！万一他衣衫不整且醉醺醺地找到我家来，那我妈该会多么吃惊呀！他还可能会威胁我说借钱给他，总之他有一身的坏毛病，不知道会做出什么可怕的事。我想永远做一个戴着面纱的女人。

可是，菊子，那样不行。事情一发不可收拾。那之后过了不到一个月，发生了一件事情，以至我必须再给户田写一封信。而且这次是连住址带姓名都明确告诉了他。

菊子，我是一个可怜的人。把这第二封信的内容告诉你，估计你也就大致明白什么情况了，下面我就来说一说，请不要笑。

户田先生。我大吃一惊。您是怎么查出我的真实身份来的呢？对，我的名字叫和子，而且我就是教授的女儿，今年二十三岁。很明显，这些都暴露了。我拜读了本月《文学世界》上您的新作，惊得目瞪口呆。对小说家真的、真的是不可掉以轻心。您到底是怎么知道的呢？而且完全洞察到了我的内心，"甚至开始淫秽地幻想起来"。这些话就好比射出了锋利的一箭，切实显示出足下惊人的进步。

我的那封匿名信迅速点燃了足下的创作欲望，这对我来说也是无比高兴的事。女性的一份支持竟然能够让作家遽然振奋到如此地步，我还真是始料未及。听别人说，即便是像雨果、巴尔扎克这样的大作家，也都是靠女性给的保护和慰藉才得以创作出数量众多的杰作。我下定决心要助足下一臂之力，尽管我的力量十分有限。请一定好好努力。我会不时给足下写信。

足下在这次写的小说中对女性心理做了些许的剖析，这的确是一大进步，有好几处读来都觉得精妙，很是佩服，但还是有笔力不及之处。作为一名年轻女性，今后我会把女性的各种内心所想都告诉您。足下的前途未可限量。我相信您的作品也会渐渐好起来的。还望再多读书增强哲学方面的学识。如果学识不够，无论如何都是成不了大小说家的。如果有什么痛苦的事情发生，请给我写信就好，不必客气。既然已经被识破，那我也就不再匿名啦。我的住址和姓名都写在信封上了，不是假名，请放心。日后待足下人格达成之时，我一定会去相见，在那之前请允许我以书信联系。这次我真的吃了一惊，竟然连我的名字都知道得清清楚楚。想来一定是足下收到我的信后非常兴奋地四处拿给朋友们看，又根据信上的印章等线索，拜托报社的朋友，最终查到了我的名字，没错儿吧？男人一看是女人来的信，马上就会到处嚷嚷，真是讨厌。请写信告诉我，到底是怎么知道我的名字的，为什么连我二十三岁这事都知道？今后我也会一直写信给您。下次开始会奉上一封更为温柔的书信。请多保重。

菊子，这会儿我一边抄这封信，一边哭了不知道多少次，觉得全身都在冒汗。请原谅。是我搞错了。人家并没有写我。根本没我什么事。啊！丢死人了，丢死人了。菊子，一定要同情我。我会一直把话讲到底。

你读过户田在本月《文学世界》上发表的短篇小说《七草》了吗？一个二十三岁的姑娘因为太过恐惧恋情、憎恶痴情，最终和一个六十岁的有钱的老爷爷结了婚，但即便如此仍然很不如意，愤而自杀。小说的大致情节就是这样。虽然有些淫秽、阴暗，却写出了户田特有的味道。读了小说，我一心认定那就是以我为原型写成的。我才读了两三行的时候就这样觉得了，脸色一下子变得煞白。因为那个女孩的名字和我一样，也叫和子，不是吗？年龄也一样，都是二十三岁，不是吗？就连父亲是大学老师这点也是一样的，不是吗？虽然其余的，比如她的经历，和我完全不同，但是不知为何，我一心认定这是从我的信里得到灵感创作出来的。这就是耻辱的根源。

四五天之后，我收到了户田的明信片，上面是这样写的：

敬复。来信收到。非常感谢您的支持。之前的来信也确已拜读。迄今为止我从未给家人看过别人的书信，更谈不上取笑，此种失礼之事我一次都未做过。此外也不曾拿给朋友看并大肆宣扬。这点还请放心。您还说等我的人格形成之后即来相见，可是人是否真的能够自己成就自己呢？书不尽言。

小说家果然都很能说会道。让他这么整了一下，我很苦恼。一整天都恍恍惚惚的。第二天早晨，我突然很想去见户田。必须得去见他。他现在一定很苦恼。如果我现在不去见他，他有可能会从此堕落。他正等着我过去。去见他吧。我赶紧打扮起来。

菊子,在去探访大杂院里的贫寒作家时,你觉得可以打扮得太过讲究吗?绝对不行。某妇女团体的干事们戴着狐皮围巾去视察贫民窟,结果出了问题,有这事吧?必须得注意。

从小说来看,户田都没什么衣服穿,只有一件露着棉花的厚长袍。家里的榻榻米破掉了,就在房间里铺满报纸坐在上面。他家困难到这种地步,如果我穿着最近新做的粉红裙子去,只会让户田的家人觉得孤苦和惭愧,那可就太失礼了。于是,我穿了一条女中时候的裙子,上面已经满是补丁,又套上一件以前滑雪时穿过的黄色对襟毛衣。这件毛衣已经变得很小,两只袖子突兀地缩到了胳膊肘那里。袖口已经开绽,毛线耷拉着,是一件不折不扣的破烂儿。

我还通过小说了解到户田每到秋天脚气就会犯,深受折磨,于是我决定把我床上的一条毛毯用包袱包好带过去,打算劝他用毛毯裹着脚工作。我瞒着妈妈从后门偷偷地跑出去。菊子,你也知道,我有一颗门牙是假牙,能取下来,于是我在电车里偷偷地把它取了下来,故意整成一副丑样子。户田的牙齿应该是稀里哗啦掉了不少的,为了让他不至于蒙羞,为了让他安心,我也打算让他看看我的坏牙。我还把头发挠得乱蓬蓬的,装扮成一个又丑又穷的女人。要想安慰弱小无知的穷苦人，不费些苦心可不行。

户田的家在郊外。从省线电车下车后，我问了问治安岗亭，没想到很方便就找到了户田的家。菊子，户田家并不是大杂院，是一座很不错的独栋别墅，虽然小，却很干净整洁。院子也收拾得很漂亮，秋蔷薇开得正盛。一切全都出乎我的意料。打开大门，鞋柜上面放着插有菊花的水盘。定了定神，出来一位很有气质的夫人，向我鞠躬行礼。我心想是不是找错人家了，提心吊胆地问：

"请问，有一位写小说的户田先生，住这里吗？"

"是的。"夫人温柔地答道，她的笑脸让我觉得很晃眼。

"老师，"我不假思索地说出了"老师"这个词，"老师在家吗？"

我被带到老师的书房去。一个表情严肃的男人端坐在桌前。他穿的并不是什么棉长袍，而是一件深蓝色的质地很厚的夹衣，我不知道那是什么布料。在夹衣上系着一根黑底上带一道白色条纹的和服腰带。书房很有茶室的感觉。壁龛里一幅汉诗挂轴。不过，我一个字都读不出来。竹篮里插着鲜嫩的常春藤。桌旁全是书，堆得很高。

完全不一样！牙也没有掉。头也没有秃，容貌端端正正，完全没有不洁感。说这人会喝烧酒醉倒在地上，根本没人会信。

"小说的感觉和见面的感觉完全不一样。"我振作精神说。

"是吗?"他答得很是轻巧。一副对我不怎么感兴趣的样子。

"您是怎么知道我的事情的?我就是来问这个的。"我讲出这件事,试图挽回一点颜面。

"什么?"他根本没任何反应。

"我隐藏了自己的姓名和住址,可老师不是都识破了吗?前几天给您写信,我首先问的就是这事儿呀。"

"我并不了解你的事情。太奇怪了吧。"他那清澈的双眼径直盯着我的脸,微微笑了笑。

"哎!"我惊慌起来,"怎么,是说您完全不明白我那封信的意思是吗?那您为什么对这事儿只字未提?太过分了。是拿我当傻瓜了,是吧?"

我很想哭。我这是多么自以为是啊。简直糊涂,糊涂。菊子,"羞得脸上冒火"之类的表达都不够彻底。我真想满草地上打滚儿,哇哇大声喊叫,这样说也还是觉得不过瘾。

"那么,请把那封信还给我。实在是太羞愧了。请还给我。"

户田一脸严肃地点了点头。有可能是生气了。也许他觉得"这家伙真过分",惊呆了吧。

"找找看吧。我也不是把每天的来信都一封一封全部保存着,也有可能已经没了,后面我让家人找找看。如果找到的话就寄给你。是两封吧?"

"是两封。"我顿感内心凄惨。

"你说我的小说和你的情况有些像,可我绝不会在小说中使用原型。全部都是虚构的。首要的一点,你一开始的那封信啊。"说到这里他戛然住口,低下了头。

"对不起。"我是一个缺了一颗牙齿、衣衫褴褛的乞丐女。毛衣小得可以,袖口绽着线,藏青色的裙子上缀满补丁,我从头到脚浑身上下都在承受着蔑视。小说家是恶魔!是骗子!根本就不穷,却装作一贫如洗的样子。明明长得不错,却说自己相貌丑陋来博取同情。明明在很用功地学习,却装糊涂说自己不学无术。明明很爱自己的夫人,却总胡诌夫妻每天都吵架。根本没什么痛苦,却摆出一副痛苦的姿态给人看。我被骗了。我默默鞠了个躬,站起身。

"您的病怎么样了?脚气那类的。"

"我很健康。"

我还为这个人带了毛毯过来。不过,得再拿回去。菊子,因为太过羞愧，我抱着毛毯包回来的路上一直都在哭。把脸压在毛毯包上哭个不停。结果被汽车司机怒声骂道："混蛋！走路看着点！"

两三天之后，我那两封信到了，是装在大信封里用挂号信寄过来的。我隐约觉得自己还有一丝希望。老师会不会是写了一些好话寄过来，或许能把我从耻辱中解救出来呢？除了我那两封信，这大信封里是不是还有一封老师亲切宽慰我的信呢？我抱紧信封祈祷，然后才打开，可里面空空如也。除了我那两封信，别的什么都没有。或许会像随笔那样在信纸背面写下些什么感想，我一张一张仔细查看我那两封信的信纸背面和正面，可是什么都没有写。这种耻辱，你能理解吗？我真想把灰撒在头上。我老了整整十岁。小说家真无趣。就是人渣。净写些骗人的话。一点儿也不浪漫。在寻常家庭中安然度日，还冷漠地蔑视一个衣着邋遢、少了一颗门牙的姑娘，人家走的时候也不送一送，永远就想摆出一副事不关己的超然样子。太可怕了。这不就是在搞鬼骗人吗？

等

我每天都到省线电车的那个小站去接人。去接一个不知道是谁的人。

在市场买完东西回来的路上，我一定会顺道拐进车站，坐在车站冰冷的长椅上，把购物篮放在膝盖上，茫然地望着检票口。每当往返的电车到站时，很多人就会从电车门口拥出来，蜂拥着奔到检票口，脸上一律是发怒般的表情，出示月票或是递上车票，然后急匆匆且目不斜视地走着，从我坐的那条长椅前边经过，走到站前广场上去，然后向着各自的方向四散而去。

我恍恍惚惚地坐着。此时要是有一个人笑着和我打招呼。哎呀,好可怕。啊啊,真为难。内心忐忑。我单是想想就觉得背上被人泼了冷水一般,毛骨悚然,喘不过气来。可是,我肯定是在等某个人。我每天坐在这里,究竟是在等谁呢?等的是什么样的人?不,或许我等的并不是人。我讨厌人。不,是害怕人。和人见面后,就会敷衍地说些心里并不想说的客套话,像"别来无恙啊""天可真冷了"之类的,这时候我会觉得自己就是这世界上最大的骗子,非常痛苦,真想去死。之后,对方也会提防我,说些无关痛痒的客套话,或是装模作样地谈些虚伪的感想,我听了之后只觉得对方这小肚鸡肠般的用心防备很可悲,愈加觉得这世界太令人讨厌,讨厌得不得了。世上的人们互相僵硬地打招呼、提防着,然后互相搞得都很累,就这样过完一生,是这样的吗?

我不愿和人见面。所以,只要没有大事,我都不怎么到朋友家去玩。待在家里,和母亲两个人默默做针线活儿,这样心里最放松。可是,大战最终爆发了,周围气氛变得非常紧张,只有我每天在家无所事事,这让我觉得像是做了什么了不得的大坏事,非常不安,一点儿也静不下心来。我想不辞辛苦拼命工作,直接做出些贡献。我对我此前的生活没有了自信。

虽然觉得无法再一声不响地坐在家里，可是即使想去外面，我却没有任何地方可去。所以我买东西回来的时候就拐到车站去，恍恍惚惚坐在车站冰冷的长椅上。说不定某位会突然出现！我心里有这样的期待。啊！真出现的话可怎么办？又觉得恐怖。可真要出现了也没办法，就把我的生命献给那个人吧。那一刻将会决定我的命运，也有这种近似于放弃的精神准备。其他还有各种各样毫无道理的空想，奇奇怪怪地纠缠在一起，满满地压在心里，窒息般难受。

我是活着呢，还是已经死了，已经不再能分得清楚，像是在做白日梦，总觉得很不可靠，就像把望远镜倒过来看时的感觉，车站前面人们来来往往的景象看上去很小，好像离我很远，世界也变得很渺小。啊！我究竟是在等什么呢？说不定我是一个非常淫乱的女人。说什么大战爆发后总觉得不安，想要不辞辛苦拼命工作做些贡献，都是谎言，其实是编造出如此冠冕堂皇的借口，试图趁机实现自己那些轻率的空想，可能我是在等待某个良机吧。就这样坐在这里，一副茫然不知所措的样子，心中却似有一个险恶的计划时隐时现，呼之欲出。

我究竟是在等谁呢？我脑海中并没有任何形状确定之物，

只是迷迷糊糊的。可是,我仍在等。大战爆发之后,我每天买完东西回来时就拐到车站来,坐在这张冰冷的长椅上等待。也许,会有一个人笑着和我打招呼。哎呀,好可怕。啊啊,真为难。我等的并不是你。那么,我究竟在等谁呢?丈夫?不是。恋人?也不是。朋友?不对。金钱?也许。亡灵?哎呀,不是的。

是更为祥和、明亮照人、美好的东西。说不清是什么。比如,像春天那样的?不,不是。嫩绿的叶子?五月?流过麦田的泉水?还是不对。啊!可是,我仍在等,内心雀跃地等着。

络绎不绝的行人从眼前通过。不是这个,也不是那个。我抱着购物篮,微微颤抖着,一心一意地等。请不要忘记我。这个二十岁的姑娘每天都去车站迎接,然后又空落落地走回家去,请不要笑,请一定好好记住。我并没有特意说出那个小站的名字。虽然没有说,但总有一天你会看见我。

十二月八日

今天的日记我要记得特别详细一些。

昭和十六年①的十二月八日,这一天日本贫穷家庭的主妇是怎么过的呢?我要稍微写一写。一百年之后,当日本举行纪元二千七百年盛大庆典的时候②,假如有人从某个土仓

---

① 昭和十六年,公元 1941 年。
② 明治维新之后,为强调天皇权威,日本政府在 1872 年把传说中的日本第一位天皇神武天皇即位之年(公元前 660 年)定为"皇纪元年"。1940 年日本侵华战争陷入僵持,日本政府罔顾国内物资短缺,要求全国各界大肆操办"皇纪二千六百年大典"活动,以宣扬皇威,为战争造势。

库的角落里发掘出我这本日记,由此了解到一百年前这个重大日子里我们日本的主妇过的是这样的生活,或许会有些历史参考价值。所以,即使文章做得非常拙劣,却唯独需要注意不能写假话。总之,在写的时候必须把纪元二千七百年放在心上,还是很难的。但是,不能写得太生硬。据我先生评价,我的信、日记等都写得太认真严肃,这样一来感觉就很晦涩呆板,几乎完全没有感情,所以文章一点也不美。的确,我从幼年时起就固守礼节,虽然内心并不怎么严肃,表现出来却有些刻板,就连天真地欢呼雀跃、撒个娇这类事儿都做不来,总是吃亏。也许是太贪心的缘故。还是好好反省反省吧。

说到纪元二千七百年,我马上想起一件事来。说来这事有些无聊可笑,前几天我先生的朋友伊马时隔许久之后过来玩,我在隔壁房间听他和我先生聊天,听得我差点儿笑喷了。

"真是的,到纪元二千七百年庆典的时候,这个二千七百年的'七'会读成'SHICHI',还是会读成'NANA',① 真让人不放心呢。我一直都在烦恼这事情。你不担心,是吧?"伊马说。

---

① 日语中数词"七"的读音有两个,一是"SHICHI",一是"NANA"。

"嗯。"我先生认真考虑道,"听你这么一说,我也非常在意了。"

"对吧,"伊马先生也很认真,"真的呢,'七百年'的'七'应该会读'NANA'吧。我总觉得会是这样。但要说我的想法,我是希望他们读成'SHICHI'的。'七百'里读成'NANA'的话会让人不爽。很讨厌,不是吗?又不是在念电话号码,真希望他们能好好地读准确喽。得想想办法,到时候让他们给读成'SHICHI'才好。"

伊马以相当担心的语气说。

"但是,"我先生煞有介事地陈述自己的意见,"一百年之后,可能既不读成'SHICHI',也不读成'NANA',或许会出来一种完全不同的读法。比如'NVNV'什么的。"

我笑喷了。实在是无聊。我先生经常和客人认真地讨论这样一些无关痛痒的事。感情丰富的人就是不一样。我先生以写小说为生。因为总是很懒散,所以对收入没什么信心,整天都是这样一种状态。我从来不读我先生写的小说,也想象不出他都在写些什么。好像写得并不怎么好。

哎呀,跑题了。再这样扯来扯去,肯定写不出值得留存到纪元二千七百年的优秀记录。重新开始吧。

十二月八日。清晨,我正躺在被窝里,一边着急地想着早晨要干的活,一边给园子(今年六月出生的女儿)喂奶,这时从某处传来了清晰的广播声。

"大本营陆海军部宣布。帝国陆海军于本月八日凌晨在西太平洋与美英军队进入战斗状态。"

此声音透过紧闭的防雨窗的缝隙,像强光照进来一般传入我这漆黑的房间,听起来强烈且鲜明。广播又嘹亮地重复了一遍。凝神听这广播,听着听着我这个人都变了。感觉就像受到了强光照射,身体变得透明了似的。或者说像是领受了圣灵的气息,心中藏进了一枚冰冷的花瓣。从今天早晨开始,日本也成了一个不一样的日本。

我先生睡在隔壁房间,我想和他说一下,喊了句"亲爱的",他马上回答说:"知道啦。知道啦。"语气很严厉,看来他的确很紧张。

他习惯早晨睡懒觉,唯独今天早晨这么早就醒了,真是不可思议。据说艺术家的第六感很敏锐,或许他已经提前有了某种预感。这让我生出少许佩服之情。但他接着提出了一个特别拙劣的问题,改变了我的感受。

"西太平洋是哪边呢?旧金山那边吗?"

我很失望。不知该怎么说,我先生对地理知识一无所知。有时候我甚至会想他是不是连东和西都分不清。直到不久之前，他一直以为南极是最热的地方、北极是最冷的地方，听他这样讲时，我都怀疑起他的人格来了。去年他去了佐渡①旅行，在谈到旅行的印象时，他说在轮船上远远望着佐渡岛的影子，以为那是中国东北呢，实在是一塌糊涂。这竟然还能考进大学，真是让人无语。

"西太平洋说的是靠日本这侧的太平洋吧。"

听我这么一说，"这样啊。"他不高兴地说，像是想了一会儿，又说，"不过，这真是闻所未闻。说'美国在东、日本在西'，这也太让人不爽了吧。日本被称为日出之国，而且这里也是被叫作东亚。我之前一直都以为太阳只能从日本这边升起的，看来这样还不行。说日本不是东亚，这实在让人不舒服。得好好想想，难道就没有办法说'日本在东、美国在西'吗？"

他说的净是些怪话。我先生的爱国心过于极端。前几天他还莫名其妙非常自豪地说："洋鬼子再怎么耀武扬威，就是不敢尝这盐腌鲣鱼，可是我们却什么西餐都会吃。"

我没空儿听他瞎嘟囔，赶忙起来打开防雨窗。天气很好，但冷得厉害，寒意袭人。昨天夜里晾在房前的尿布都冻住了，

---

① 佐渡，日本旧国名之一。属北陆道，现在新潟县的部分地区。

白霜落满院子。茶梅花凛然盛开着。静悄悄的。可现在太平洋上已经开战,我觉得很不可思议。切身体会到了日本国土的美好之处。

我走到井边洗脸,然后又开始洗园子的尿布,这时邻居家太太也过来了。道过早安之后,我就谈起战争的事情。

"从今往后可真不好办了呢。"

可邻居家太太不久前刚当上居民小组的组长,她好像想到那件事上去了,难为情地说:"哪里哪里,也做不了什么事。"听她这么一说,我觉得有些尴尬。

虽然邻居家太太也并不一定就没往战争上面想,但是和那相比,一定是居民小组组长的重大责任更让她紧张。我觉得有些对不住邻居家太太。的确,从今往后居民小组组长也会很不好干吧。毕竟和演习时不一样,一旦发生空袭,组长要承担起指挥重任。到时候估计我得背着园子去乡下避难。这样我先生就要一个人留下来看家,可他什么事情都不会做,真叫人担心。他有可能一点儿忙都帮不上。事实上,很早以前我就说过无数次了,可我先生还是连件国民服①都没做。一旦有事这不就抓瞎了吗?他那么懒散,如果我默不作声地

---

① 国民服,从 1940 年开始一直到日本二战战败为止,日本政府明令规定日本男性在日常生活和仪式中要穿着"国民服",样式类似于军服。

给他置办下,他虽然嘴上会说"这都什么玩意儿",可心里还是会觉得一块石头落了地,然后穿起衣服。但这国民服的衣服都是特大号的,即使买回来也没法穿。真麻烦!

我先生今天早晨七点左右起床,快快吃完早饭就马上工作去了。他这个月好像有很多琐碎的工作。早饭的时候我想都没想就说:"日本真的没问题吗?"

"不就是因为没问题,所以才开战的吗?一定能赢的。"他一本正经地答道。

我先生说话总是撒谎,一点儿也靠不住,可这次我很想相信他这句郑重其事的话。

吃完饭收拾厨房的时候,我想了好多好多。因为眼睛和头发的颜色不一样,就能激起如此强烈的同仇敌忾之情吗?真想痛打他们一顿。这和以中国为对手的时候的心情完全不同。野兽般麻木不仁的美国士兵们真要徘徊在这亲切、美丽的日本土地上,单是想一想我都觉得无法忍受,只要一踏上这神圣的土地,你们这些家伙的脚就会腐烂的。你们没资格这样做。日本士兵们,请一定赶走他们。今后我们家里可能会有很多东西供应不上,或许会很艰难,但请你们不要担心。我们会坦然面对。一点都不会产生讨厌的想法。不会抱怨自己生在如此艰难的时局之中。相反，生在这样的世界里，我们更能感受到生存的价值。啊！真想找人聊一聊战争的事。说些"开战了""已经开始了"之类的。

广播从今天早晨开始一直在放军歌。拼命地播放。一首接一首，放了无数首军歌，后来终于无歌可放了，竟然连"哪怕敌人成千上万"① 这种老掉牙的军歌都被播出来，我一个没忍住笑出声来。广播电台这样的"天真无邪"让人感到欣慰。我们家因为我先生非常讨厌广播，所以一次都没装过这种东西。我也是，此前从未有过想听广播的想法，可是到了这种时候，还是有台收音机比较好。我想听很多很多的新闻。我和先生商量一下，有点想让他买一台。

快到中午的时候，重大消息接二连三地传出来，我再也坐不住了，抱着园子去到外面，站在邻居家的那棵枫树底下，支起耳朵听邻居家的广播。奇袭登陆马来半岛，进攻香港，宣战诏书，我抱着园子呢，眼泪就止不住地流下来，真糟糕。我进屋去，我先生正忙于工作，我把刚刚听来的消息一一转告给他。全部听完之后，我先生说："是吗？"他说完笑了

---

① 日本军歌《敌人成千上万》由山田美妙斋作词、小山作之助作曲。原是1886年发行的诗集《新体诗选》中的一首诗。太平洋战争时日军司令部"大本营"在向日本民众广播战况时经常会播放这首歌。

笑。然后站起来又坐下。一副心神不定的样子。

正午刚过一会儿，我先生总算是完成了一件工作，带着稿子急匆匆地跑出去。他是去杂志社送稿子，可看那样子估计又得很晚才能回来。他这样着急忙慌逃跑似的出去时，多半都会晚归。不管回来得多晚，只要不是夜不归宿，我就无所谓。

送走我先生之后，我烤了咸沙丁鱼串儿，简单解决了午饭，然后背上园子去车站那边买东西。中途顺道去了龟井先生家。我先生老家寄来很多苹果，我想拿给龟井先生家的小悠乃（一个可爱的五岁女孩），就包了几个带过去。小悠乃正站在门口。一看到我，立刻吧嗒吧嗒地跑进玄关，大声喊着："园子来了，妈妈。"园子在我背上向这家的太太和先生做了一个很讨喜的大笑脸。惹得太太猛夸她"好可爱、好可爱"。他家先生穿着一件运动夹克，一副雄赳赳的样子出现在门口，刚才好像是正在往走廊下铺草席。

"在走廊下爬来爬去这份苦差事真不亚于在敌前登陆。脏成这副模样，失礼了。"

往走廊下铺草席究竟是要做什么呢？难道是等一旦发生空袭时就钻进去吗？让人感到不可思议。

不过，龟井家的这位先生和我先生不一样，他是真的很爱家人，令人羡慕。据说以前爱得更甚，但自从我家先生搬来附近之后就教他喝酒之类的，有点被带坏了。他太太肯定也很恨我家先生吧。真是对不住啊。

龟井先生家门前摆着灭火用的竹扫帚，还有某种奇怪的耙子状的东西，全都准备好了。我家里却什么都没有。我先生太懒，也是没办法。

"哎，准备得真齐全。"

"对，毕竟干着居民小组的组长嘛。"听我这样一说，他家先生神气十足地答道。

"其实是副组长，可因为组长年纪太大，所以我们就代理着组长的工作。"他家太太小声地订正道。龟井家的先生实在是勤勤恳恳，和我家先生一比，一个天上一个地下。

我收下一些点心，就在门口那里告辞了。

随后我去邮局领了《新潮》①的稿费六十五日元，而后去市场。物品依然匮乏。照旧又买了乌贼和咸沙丁鱼串儿，因为没有别的。两只乌贼四十钱，咸沙丁鱼串儿二十钱。

在市场又听到了广播。接二连三地播报了很多重大消息。空袭菲律宾群岛和关岛，轰炸夏威夷，全歼美国舰队。日本

---

① 《新潮》，新潮社发行的文艺杂志，1904 年 5 月创刊，至今仍在刊行。

政府发表的声明，让我全身颤抖，到了羞愧的程度。很想感谢大家。我自始至终一动不动地站在市场广播喇叭前，其间两三个女人说着"去听听吧"，聚到我的周围。从两三个人到四五个人，最后聚拢来将近十个人。

从市场出来后，我又去车站小卖部给我先生买烟。大街上的景象一点儿都没变。只是在菜店前面贴上了记有广播消息的纸张而已。店里的样子、人们的对话都和平常没什么不同。这种静穆让人觉得踏实。今天手里稍微有点钱，于是我狠狠心给自己买了双鞋子。这类物品也是如此，从本月开始，售价超过三日元的部分要另外再加两成的税，我之前一点儿都不知道这件事。要是上个月底买就好了。不过，囤货的行为让人不齿，很令人讨厌。鞋子是六日元六十钱，另外雪花膏是三十五钱，信封是三十一钱，买完这些东西后，我便回家了。

到家不一会儿，早大①的佐藤同学来访，说决定这次毕业后立刻参军，特来说明一下此事，不巧我先生没在家，真是过意不去。"请多保重。"我在心底向他致意。佐藤同学回

---

① 早大，早稻田大学，日本私立大学中的翘楚，学校本部位于东京都新宿区。前身是大隈重信于1882年创办的东京专门学校，1902年更名为现校名，1920年被认定为大学，1949年改革为新制大学。

去后，帝大的堤同学马上又过来了。堤同学也已经顺利毕业，说是接受了征兵体检，可惜被确定为第三乙等，非常遗憾。佐藤同学和堤同学之前都留着长发，现在却都剃成了干净利落的光头。"哎，大学生们也真不容易啊！"我感慨万千。

傍晚时，今先生也挥着手杖来访，他有日子没来了，我先生却没在家，实在是过意不去。今先生特意来到三鹰这等偏僻的地方，却赶上我先生不在，只得径自打道回府。在回去的路上，他该多么沮丧啊！一想到这里，就连我都心情黯淡起来了。

动手准备晚饭时，邻居家太太过来说十二月份的清酒配给券下来了，但是一个小组九户人家却只分到六张一升的券，得商量一下怎么办。我觉得按顺序轮着领也行，可九个家庭都想要，最终大家决定把六升酒分成九份儿，要赶快收集酒瓶去伊势元买酒。我刚开始做饭，就请她稍等片刻。但等我稍微收拾了一下之后背着园子过去时，同小组的各位却已经每人抱着一两瓶清酒从对面回来了。我也赶紧接过一瓶来，和大家一起抱了回去。然后就在组长家门口开始把酒分成九等份儿。把九个一升的酒瓶摆成一排，仔仔细细比较着分量，分成相同的高度。把六升酒平均分成九份儿真是不容易。

晚报到了。很罕见地有四页。标题《帝国对美英宣战》

的铅字印得极大。写的基本上都是今天已经听过的广播新闻说的那些事儿。但是，一个字一个字全部读下来，有不同的感受。

一个人吃过晚饭，背起园子去澡堂。啊！给园子洗澡就是我生活中最快乐的时刻。园子喜欢洗澡，一被放到水里就会非常乖。我让她在洗澡水里蜷起手和脚来，抱着她，她抬头盯着我的脸。想来她也觉得有些不安吧。其余的人好像也都认为自己的小宝宝很可爱，在澡堂时都和自己的宝宝脸贴着脸。园子的肚子像用圆规画过那样溜圆溜圆的，又白又软像个皮球，这里面真的装着小小的胃、肠吗？有些让人觉得不可思议。从那小肚子正中稍微往下些，长着梅花般的肚脐。脚也好，手也好，那么美，那么可爱。无论如何都让人着迷。不管穿什么衣服，都不及光着身子来得可爱。我把她从澡堂里抱出来给她穿上衣服时，心里觉得非常可惜。还想再多抱抱裸身的园子。

去澡堂的时候路上还很明亮，可回来的时候就已经很暗了。都是灯火管制。这不再是演习。内心的异样让我神经紧张。可是，这实在也太暗了吧。我从未走过这么暗的路。一步一步，只能摸索着往前走，可路又那么远，简直不知怎么办才好。从那片土当归种植田到杉树林的那段路，真是两眼一抹黑，太可怕了。突然间想起，上女中四年级的时候，有一次穿越暴风雪从野泽温泉①滑雪滑到木岛去，也是特别可怕。那个时候背的是登山背包，现在换成了园子，正在我的背上酣睡。园子什么都不知道，只管睡着。

此时，从背后过来一个男的，唱着"应我天皇之召唤"②，唱得不在曲调上，脚步杂乱地走过来。他咳了两声，咳嗽声很独特，于是我准确地听出了是谁。

"园子正在迷惘不知该怎么办呢。"我说。

"什么呀。"他大声说道，"因为你们没有信仰，所以这么点夜路就不知怎么办好了。我是有信仰的，所以走起夜路也有如白昼。跟我来。"说着迈开大步走在前面。

我先生这时究竟有几分清醒呢？他分明是吓得失去理智了。

---

① 野泽温泉，位于长野县东北部、毛无山西北麓，坐落在海拔 600 米高的高原上的温泉区域。属于硫黄泉，对皮肤病有特效。此地区在冬季为滑雪胜地。
② "应我天皇之召唤"是日本战时军歌《送士兵出征歌》的首句。该军歌由生田大三郎作词、林伊佐绪作曲，1939 年 10 月发表。二战期间日本政府在把士兵送上战场时广为播放。

雪夜的故事

　　那天，从早上开始就一直在下雪。
　　我从很早之前就在给小鹤（我侄女）做劳动裤，终于做好了，那天放学时就顺路送到中野①的姑姑家去。作为回礼，我从她家拿到了两条干鱿鱼，当抵达吉祥寺②站时，天已经黑了下来，雪积了有一尺多厚，而且仍然没有停，还在悄悄地下着。我穿着长筒雨靴，心情反而兴奋起来，故意找那些

---
① 中野，日本东京都的区名，主要为住宅区。
② 吉祥寺，日本东京都西部、武藏野市东部的地区。

雪积得很深的地方下脚。

走到家附近的邮筒那里时才发现,用报纸包好夹在胳肢窝里的干鱿鱼不见了。虽然我是个粗枝大叶的人,但却没怎么丢过东西,可能是那天夜里因为在积雪的路上太过兴奋、跑跑跳跳,才搞丢了东西吧。我顿时垂头丧气起来。因为丢了干鱿鱼就沮丧,这事儿可不怎么体面,令人羞愧。可是,我原本是打算把它送给嫂嫂的。

我嫂嫂今年夏天就要生小宝宝了。听说肚子里怀着孩子,会格外容易饿。加上肚子里的宝宝,她必须得吃两个人的量吧。嫂嫂和我不一样,非常注意仪容,很优雅,所以到现在为止她都像金丝雀吃食儿一样吃得不多,而且一次都没吃过零食或是点心,但这一阵儿她总说肚子饿,觉得很羞愧,而且忽然就会想吃一些奇怪的东西。前几天,晚饭后和我一起收拾厨房时,嫂嫂小声地说:"啊!嘴里好馋,真想含上点鱿鱼干啥的。"说完叹了一口气,这事儿我一直记在心里,所以那天偶然从中野的姑姑那里拿到了两条干鱿鱼,我就盼着能把它带回来悄悄送给嫂嫂。结果竟然弄丢了,我很是沮丧。

您也知道,我家是哥哥、嫂嫂和我三个人一起生活,我哥哥又是个脾气有些古怪的小说家,虽已年届四十,却根本没什么名气，一直很贫穷，还老说身体状况不好，动不动就卧床休养，只有嘴皮子上的功夫了得，对着我们唠唠叨叨地发牢骚，很是讨厌，但只是嘴上说说而已，他自己对家里的事情帮不上任何忙，嫂嫂就连男人的那些体力活也不得不做，真是可怜。有一天我颇感义愤地说："哥哥，你偶尔也该背上帆布包去买些蔬菜什么的回来吧。别人家的当家的好像基本上都在做这事儿呢。"

听到这话，哥哥勃然大怒地骂道："混账东西！我可不是那种下贱男人。听好了，君子（嫂嫂的名字）你也好好记着。就是我们全家都快饿死了，我也不会出去做那种低下的采购①工作的，不要再打我的主意。那可是我最后的自尊。"

虽然这种精神觉悟貌似很了不起，可是对于他来说，究竟是为国家考虑而憎恶采购大军，还是因为他自己太懒散才讨厌外出采购，我还真有点儿不明白。

我的父亲和母亲都是东京人，但父亲长年在东北地区山形县的政府部门工作，哥哥和我都是在山形出生的，父亲在山形去世时，哥哥大概二十岁，我还是个很小的孩子，妈妈背着我，母子三人又回到了东京。前些年妈妈也去世了，现

---

① 采购，第二次世界大战期间和战后，因粮食不足，日本城市消费者要去农村购买粮食等基本生活物资。

在家里就只有哥哥、嫂嫂和我三个人，也没有个称得上故乡的地方，所以不能像其他家庭那样收到乡下寄来的食物，而哥哥又是个怪人，和附近的人家根本没什么来往，所以意外地"搞到"一些稀罕物这事儿根本不会发生。一想到如果拿两条干鱿鱼送给嫂嫂，她该多高兴啊。想到这里，我也顾不上丢脸了，心里舍不得那两条干鱿鱼，我一下子向右转过身去，沿着刚刚走过的雪道慢慢寻找着。可是，根本不可能找得到。在白色雪道上找白色纸包，这事儿本来就很困难，再加上雪一直在下，不断地积起来，我折回到吉祥寺车站附近，一路上却连块小石头都没发现。

我叹一口气，把伞换到另一只手上，抬头望了望阴暗的夜空，看到雪花像无数只萤火虫般狂乱地飞舞着。真美啊！道路两旁的树上披着积雪，树枝沉甸甸地垂下来，时不时像是唉声叹气似的微微抖动身体，这感觉就像置身于童话世界中一般，我已经忘掉了干鱿鱼的事。突然，一个绝妙的主意涌上心头，就把这美丽的雪景给嫂嫂带回去。比起干鱿鱼，这份礼物不知要好上多少倍呢。总在吃的东西上面纠结可就太寒碜了，实在是丢人。

哥哥曾经告诉我，人的眼球是能够储存风景的。盯着电灯泡看上一小会儿，然后即使闭上眼睛，还是会在眼皮底下清清楚楚地出现一个灯泡的样子，这就是证据。关于这点，很久以前在丹麦有这样一件事情。哥哥给我讲了下面这个短短的故事。虽然哥哥说的很多事情都是在胡扯，一点儿也靠不住，但是唯独那天讲的这个故事，即便是哥哥瞎编出来的，我也还是觉得相当不错。

很久以前，丹麦有位医生解剖了一个遇难的年轻水手的尸体，他用显微镜查看水手的眼球，发现在水手的视网膜上映有一幅阖家团聚的美好景象，医生就把这事儿告诉了一个写小说的朋友，结果这个朋友马上就对这不可思议的现象做出了如下解释：那个年轻水手失事后被冲天怒涛卷着打到了岸上，他不顾一切死死抓住的地方正是灯塔的窗沿，他正想大声喊救命。不经意间往窗户里一看，发现灯塔看守人一家正准备开始愉快地吃晚餐，"啊！不行，如果我现在凄惨地大声喊叫'救命啊！'，那就会毁掉这一家团聚的美好时光。"这样一想，他那抓住窗沿的手指一下子泄了劲，此时哗啦一声，一个大浪袭来，把水手的身体冲到了大海里。应该就是这样，这水手是世界上最善良且最高尚的人。听他这样解释，医生也表示赞同。于是，两个人诚心诚意地埋葬了水手的尸体。

我愿意相信这个故事。即使从科学上来看这是不可能的，我还是愿意相信。在那个下雪的夜里，我忽然想起了这个故事，很想把美丽的雪景也留在我的眼中，回到家后我要说："嫂嫂，来看看我的眼睛里面。肚子里的小宝宝会变漂亮的哦。"

前些日子嫂嫂曾笑着拜托哥哥说："请在我房间的墙上贴些长得漂亮的人的肖像图案吧。我每天盯着看，就能生出漂亮的小孩子啦。"

哥哥认真地点头称是："嗯，胎教呀。那是很重要。"他在墙上贴了两张能剧面具的照片，一张是名为"孙次郎①"的艳丽能剧面具，另一张是名为"雪之小面②"的可爱能剧面具。可是，哥哥又找来一张他自己愁眉紧锁的照片，紧紧贴在了那两张能面照片中间，真让人受不了。

"求你了，你那张照片还是算了吧。看到它我就恶心。"就连老实巴交的嫂嫂都无法忍受，乞求般地拜托哥哥，好歹是把那张照片撤下来了，真要盯着哥哥的照片看，一定会生

---

① 孙次郎，一种能剧面具，是艳丽的年轻女性形象，主要用于以女性为主角的柔美型能剧之中。据传是日本室町时代末期的能面师金刚孙次郎仿照其亡妻的面容打制而成。
② 小面，一种能剧面具，是天真可爱的年轻女孩形象，也主要用于女性为主角的柔美型能剧之中。传说日本室町时代的能面师石川龙右卫门制作了三张小面呈给丰臣秀吉，丰臣秀吉分别命名为"雪""月""花"并珍藏。其中"雪之小面"是静静微笑的清纯女孩形象。

出个"猿面冠者①"那样长一张猴脸的宝宝。哥哥长得很是奇怪,难道他还觉得自己能和美男子沾上边儿吗?真是个不可救药的家伙。为了肚子里的宝宝,嫂嫂现在应该是想看看这个世界上最美的东西,那我把今天的雪景映在眼睛深处,然后给嫂嫂看,嫂嫂肯定会比收到干鱿鱼要高兴上几倍、几十倍。

我放弃了干鱿鱼,在回家路上尽量多多眺望周围美丽的雪景,不仅要映在眼珠底下,还要把这纯白的美景藏在心底。带着这样的心情,一回家我就喊道:"嫂嫂,来看我的眼睛,我的眼底里映着好多非常美的景色哟。"

"什么?这是怎么了?"嫂嫂笑着站起来,把手搭在我的肩膀上问,"你的眼睛到底怎么了?"

"之前哥哥不是说过吗?刚刚看过的景色会留在人的眼底,不会消失的。"

"他说的那些话,我都忘了。大都是些谎话。"

"不过,只有那个故事是真的。我就只相信那个,所以,来,看看我的眼睛。我刚刚看了很多特别美的雪景。快,看我的眼睛。一定能生出个皮肤如雪般的漂亮宝宝。"

嫂嫂神情有些悲伤,默默地看着我的脸。

---

① 猿面冠者,指脸长得像猴子的年轻人,亦为丰臣秀吉年轻时候的绰号。

"喂。"

这时，哥哥从隔壁那间六叠榻榻米大小的屋子里走出来，"与其看顺子（我的名字）那双极其无趣的眼睛，还不如看我的，才会效果百倍。"

"为什么？为什么？"哥哥真讨厌，我恨不得打他一顿。

"嫂嫂不是说过了嘛，要是看了哥哥的眼睛，嫂嫂会觉得不舒服的。"

"不会那样的。我这双眼睛可是看了整整二十年的美丽雪景。我二十岁之前都住在山形。顺子这家伙，还不懂事就来到东京，不懂得山形的雪景有多美，看到东京这般差劲的雪景就瞎激动，真是讨厌。我这眼睛可一直看的是更加美丽的雪景，看了成百上千倍，都快看腻了，不管怎么说都比顺子的眼睛要好。"

我难受极了，心想要不大哭一场吧。这时候嫂嫂替我解了围。嫂嫂微微笑着平静地说："他的眼睛是看了成百上千倍的美景，可同时也看到了成百上千倍的脏东西，对吧？"

"是的，是的。比起好东西，坏东西更要多得多，所以才会那么浑浊。"

"净在这儿说大话。"哥哥怒气冲冲地缩回到隔壁那个六叠榻榻米大小的房间去了。

货币

在外国语言中,每个名词都有性别,或男或女。

而"货币"一词被定为女性名词。

我是一张一百日元的纸币,编号为七七八五一号。请检查一下您钱包里面的百元纸币。有可能我就在那里面呢。

我已经疲惫不堪,现在自己正躺在某个人的腰包里,还是已经被扔到了废纸篓里,我完全搞不清楚。有传闻说近来新型纸币已经印出来了,我们这些旧式纸币全都要被烧毁。

与其这样糊里糊涂连自己是死是活都搞不清楚,倒不如彻底烧毁让我一举升天来得干脆。烧掉后是去天堂还是地狱,这事只能听天由命,但或许我会下地狱。

　　刚面世时,我可不是现在这副寒碜的狼狈模样。虽然在那以后出现了很多面值二百日元或一千日元的纸币,且他们比我更受重视,但在我刚面世那会儿,百元纸币可是金钱中的女王。当我第一次由东京的大银行的窗口交到一个人手中时,那个人的手竟在微微颤抖。哎呀,这是真的哟!那是一个年轻的木匠。他折都没折,小心翼翼地直接把我装到围裙前面的钱袋里,就跟肚子疼似的用左手手掌轻轻捂住围裙,不管是走在路上还是坐在电车上,总之从银行一直到家里,他的左手手掌一直捂在钱袋上,一刻都没离开过。

　　回到家之后,他立刻把我供在神龛上,对着我行礼叩拜。我人生的开端是如此的幸福。我很想永远待在这个木匠的家里。可是,我在他家只停留了一个晚上而已。那天晚上木匠心情很不错,晚饭时喝了几杯,然后对他那体形娇小的年轻太太说道:"可不要小瞧我。我也是男子汉,能挣大钱的。"他逞着威风,还时不时地起身把我从神龛上取下,双手捧着做出顶礼膜拜般的样子,惹得那年轻的太太笑个不停,可是不久他们夫妻二人吵起架来,最终我被折成四下放进了太太的小钱包里。第二天早晨，太太把我带到当铺去，换出了她的十件和服，然后我被放进了当铺冰冷阴暗的保险柜里。那里冷得彻骨，我正因此肚子疼得难受，忽然又被拿出来，得以重见天日。

这次我是与一个医学院学生的显微镜交换。我被那个医学院学生带着去了很远的地方去旅行。最终，在濑户内海的一个小岛上的旅馆里，我被那个医学院学生抛弃了。那之后，我在那家旅馆账房小橱柜的抽屉里待了近一个月，好像那个医学院学生抛弃我离开旅馆之后不久就跳濑户内海自杀了，我无意间听到女佣们的议论。"一个人去死，真是个傻瓜。像他那样长得那么英俊的男人，我是随时都可以陪他一起去死的。"一个胖墩墩的女佣说道。她四十岁左右，满脸疙瘩，说得大家都笑起来。随后的五年里我走遍四国和九州，明显地苍老了，而且我渐渐不再受人重视，时隔六年重回东京时我已面目全非，面对这样的剧变，就连我自己都不禁嫌弃起自己。

回到东京之后，我似乎成了一个专为黑市商人们跑腿的女性。离开东京这五六年间，我也的确是变了，但东京的变化更是巨大。夜里八点左右，我由微醉的掮客带着，从东京站来到日本桥，然后又去到京桥，在银座转悠过后再到新桥，这期间只有一片漆黑,感觉就像走在深深的森林里一般,不用说没有一个人影通过了,就连横穿马路的猫都没见到。一座可怕的死亡街市,相貌狰狞很不吉利。

之后不久,"轰隆轰隆""嗖嗖"的声音就开始出现了。可是,即便是在每日每夜都异常混乱的时候,我还是无暇停歇,就像接力赛中的接力棒一样,眼花缭乱地从这个人的手上再移到那个人的手上。拜其所赐,我不仅外形变得皱巴巴的,而且身上还沾染了各种东西的臭味,实在丢人,只好自暴自弃。那时候,日本也已完全进入自暴自弃的时期了。我被一些怎样的人交到另外一些怎样的人手中,他们的目的是什么,在交易时说了怎样残忍的话,相信诸位应该都十分了解,都已经听腻也看厌了吧。那么我就不在这里细说了。

只是,我真心觉得,变成了畜生的,并不只是那些军阀。那并非仅限于日本人,而是人性中普遍存在的一个重大问题。本来我以为,到了今晚就要死掉的时候,人估计会把物欲和色欲这些忘得一干二净吧。可其实根本就不是那样,一旦陷入生命的死胡同时,人类并不会握手言欢,而是会贪婪地互相吞食。只要这世上还有人不幸福,哪怕只有一个,那我自己就无法获得幸福,这种想法才是合乎人类本来该有的感情的吧。

可是，一路走来展现在我眼前的尽是些滑稽又悲惨的图景，为了得到只属于自己或是自己家人的瞬间安乐，不惜谩骂、欺骗邻人，将其推倒在地（不，你也肯定做过这种事。无意识下做的，你自己都没有意识到，这更加可气。你为此羞愧吧。只要是人，就请为此羞愧。因为羞愧是只有人类才有的情感），简直像是地狱里的死人们正扭打在一起似的。

然而，即便是在这般卑贱地遭人使唤的生活中，也还是有那么一两次会让我觉得能到这个世上走一遭可真好。现在已经变得如此筋疲力尽，甚至到了连自己身在何处都搞不清楚的程度，整个一副年老昏聩的样子。可是即便如此，也还是隐隐约约有愉快的回忆萦绕在心头，至今无法忘怀。其中有一次发生在我被一个黑店老婆婆带到某小城市的时候，从东京乘火车则三四个小时能到那里，现在由我来对此略作说明。

此前我经历过各种各样的黑店，总觉得和男性黑店主相比，女性黑店主更能加倍有效地利用我。女人的欲望貌似比男人的欲望更彻底，更卑鄙、骇人。把我带到那个小城市去的那个婆婆看上去也不是一般人，她交给某个男人一瓶啤酒换到了我，然后就来那个小城市采购葡萄酒。按照一般的黑市行情，一升葡萄酒好像要五十日元或是六十日元，可是老婆婆凑上前去窃窃私语，磨蹭了好长时间，时不时还猥琐地笑笑，最终用一张我就把四升酒换到了手，她一点儿都不嫌重地背着酒回去了。换言之，这个黑店主老婆婆略施手腕就用一瓶啤酒换到了四升葡萄酒，稍微掺上些水重新灌到啤酒瓶里的话，估计能灌出近二十瓶，总之，女人的欲望非同寻常。即便如此，那个婆婆脸上却没有一点儿高兴的样子，而是一本正经地抱怨道："这世道实在是让人过不下去。"然后就回去了。我被放进葡萄酒黑店老板的大钱包里，迷迷糊糊刚要睡着时立刻又被抽了出来。

这次是被交到了一个年近四十的陆军上尉手里。这上尉好像也是黑店老板他们一伙儿的。他用"誉"牌军人专供香烟一百支（那个上尉是这样说的，可后来葡萄酒商点了点发现只有八十六支，于是他极为愤慨地骂了句"那个搞鬼的混蛋"），总之，用一个写着"内有一百支"的纸包作为交换，我就被胡乱塞进那个上尉的裤兜儿里，那天夜里陪他去了市郊一家脏兮兮的小饭馆二楼。上尉是个老酒鬼。他一口一口慢慢喝着一种叫白兰地的高级葡萄酒，而他的酒品好像很不好，一直在不住嘴地痛骂陪酒的女人。

"你这张脸，怎么看都是一张狐子脸（他把狐狸说成'狐子'，是哪个地方的方言吧）。你可听好喽。狐子的脸嘛，嘴巴尖，长着胡须。它那胡须是右边三根、左边四根，狐子的屁可真是让人受不了。眼看那边漫腾起一片黄雾，狗一闻就会猛地打转，扑通一下倒在地上。不，这可不是说谎。你的脸真黄呀！黄得奇怪。一定是被你自己的屁给熏黄的。哎呀！真臭！话说你可真行！不，你可真能搞。你这根本就是无礼，不是吗？竟然在军人鼻子底下放屁，这不是无比荒唐吗？你看我这样，我可是很神经质的。在我鼻子底下放狐子屁，我绝对不能不管。"他表情严肃地骂着，净说些下流话。

这时楼下响起婴儿的哭声，他耳朵尖得很，又骂起这个来："吵死了，臭小鬼，真是败兴。我很神经质的。别拿我当傻瓜。那是你的孩子吗？这可真奇怪。狐子的小孩竟然也会像人类的孩子那样哭，把我吓了一跳。你根本就是不像话嘛，竟然抱着孩子干这行，如意算盘打得太过了。因为净是些你这样不知好歹的下贱女人，日本这仗才打得这么艰难。你就是个愚蠢的笨蛋，估计还一直以为日本会打赢吧。笨蛋，笨蛋。本来这场战争就已经不值一提了。狐子和狗，是吧？团团打转儿，扑通一下倒在地上的家伙。怎么可能赢呢？所以我每天晚上都这样喝酒找女人。不对吗？"

"不对。"这陪酒女脸色煞白地说。

"你说这一通狐狸怎样怎样的话。要是不愿意，别来不就得了吗？在现在的日本，还在这样喝酒玩女人的，就只有你们这些人。你的薪水是从哪里来的？你倒是想想看。我们挣的一大半都交给了老板娘。老板娘把那些钱交给你们，让你们这样来饭馆吃吃喝喝。别拿我们当傻子。虽然我是一介女流，但我还养得起小孩。怀抱着吃奶婴儿的女人心里有多么难受，你们根本不懂。我们的乳房已经连一滴奶都出不来了。孩子只能吸着空乳房，不，最近已经连吸奶的力气都没有了。啊！对啦，还真是狐狸的孩子呢。下巴尖尖的，满脸皱巴巴的，整天都在哭泣。抱给你看一下怎么样？就是这样，我们还是一直忍着。而你们又是怎样呢？"正要讲下去时，空袭警报响了，几乎同时传来了爆炸声，那"轰隆轰隆""嗖嗖"的声音开始了，把房间的纸拉门照得通红一片。

"哎呀！来啦。终于来啦！"上尉号叫着站起身，可能是因为白兰地的酒劲太大，他的脚步踉跄。

陪酒女像鸟一样飞快地冲下楼去，不一会儿就背着婴儿爬上二楼来。"喂！快逃吧。快！哎呀，危险，你要挺住。"上尉几乎像没了骨头似的浑身软绵绵的，她从后面抱住他，推着他走，下楼梯后让他穿上鞋，然后拉着上尉的手逃到附近一座神社里面，一到那里上尉就四仰八叉躺倒在地，然后对着空中的爆炸声骂得起劲。吧啦！吧啦！吧啦！火雨落下来,神社也烧着了。

"拜托了,当兵的,再逃到稍远些的地方去吧。枉死在这里可就没意思了。只要能跑得动就赶紧逃吧。"

这个满脸青黑色、瘦脱了相的妇人,干的是人类所有职业中最低贱的一行,可她却是我黑暗的一生中所见过的最高贵、最光彩夺目的人。啊!欲望哟,走开!虚荣哟,走开!日本就是因为这两个因素才打了败仗的。陪酒女没有任何欲望,也没有虚荣,只是想救出眼前这个酒鬼客人。她使出浑身力气把上尉拉起来,用胳膊夹住,东倒西歪地走去庄稼地避难。就在去避难不久,整个神社就成了一片火海。

把那个醉鬼上尉拖进刚刚割完麦子的庄稼地,让他躺在小堤坝背面,陪酒女自己也一屁股跌坐在旁边,呼哧呼哧喘着粗气。上尉已经呼噜呼噜地鼾声大起了。

当天夜里,那个小城市被烧了个遍。天快亮时,上尉清醒过来,爬起身,茫然望着还在继续燃烧的大火。突然,他发现陪酒女正在自己旁边前仰后合地打盹儿,不知为什么心里觉得很是狼狈,站起身来像逃跑似的走出了五六步,又折回来,从上衣内兜里掏出五张和我一样的百元纸币,然后从裤兜里把我抽出来,六张叠在一起对折,塞进了婴儿贴身汗衫下光溜溜的后背那里,仓皇地跑掉了。就是这一刻,我为自己感到幸福。如果货币都能用于这样的目的，那我们该会多么地幸福啊！婴儿的后背干燥又瘦削。可我却对我的纸币伙伴们说了下面的话：

"再没有这样好的地方了。我们真是幸福。好想永远都待在这里，温暖这个婴儿的后背，让它长胖些。"

伙伴们一致默默地点头表示同意。

阿三

一

他跟丢了魂儿似的,没发出一点儿脚步声就从大门走了出去。

我正在厨房清洗晚饭用过的餐具,一下子就感觉到了身后的动静,心里像失手打翻了盘子般地寂寞,忍不住叹口气,稍稍踮起脚来透过厨房的格子窗向外看去,篱笆上爬满了错综缭绕的南瓜蔓,丈夫正走在那篱笆旁边的小路上,身上的白色浴衣已经褪了色,腰上层层叠叠地缠着一条布腰带,他的背影显得可怜又可悲,轻飘飘地在夏日的暮色里浮动,简直是幽灵,根本不像活在这世上的人。

"爸爸要去哪里?"

七岁的大女儿刚从院子里玩回来,她一边用厨房门口桶里的水洗脚,一边天真地问我。这孩子喜欢父亲更胜过母亲,每晚都会在那个六叠榻榻米大小的房间里铺好她和父亲的被褥,两人睡在同一个蚊帐里。

"到寺庙去了。"我随口编个理由敷衍她。

可话说出口之后,却觉得像是说了什么意料之外且不吉利的事似的,全身感到不寒而栗。

"寺庙吗?去做什么?"

"现在不是盂兰盆节①吗?所以,你爸爸要去寺庙参拜的。"

谎言讲得不可思议般地顺畅流利。那天的确是十三日,是盂兰盆节。别人家的女孩子都穿着漂亮的和服,来到各自的家门口,甩着长长的袖子玩,但我们家孩子的好衣服都在

---

① 盂兰盆节,日本每年七月十五日前后祭祀祖先的民间节日。在日本,一般是十三日晚上点迎魂火把祖先亡灵请回家,和活人一起生活三天,然后在十六日晚上再点上送魂火把祖先之灵送回阴间。日本的企业一般会放一周左右的假,便于员工回乡探亲。

战争中被烧毁了，所以即便是盂兰盆节，也只能和平常一样穿着破旧的洋装。

"是吗？很快就能回来吗？"

"唔，怎么说呢。要是雅子你很乖的话，说不定很快就回来了哦。"

虽然和女儿这样说，可是看情形，他今天应该也会在外面过夜。

雅子走进厨房，然后走到那个三叠榻榻米大小的房间去，寂寞地坐在房间的窗沿边看着外面。

"妈妈，雅子的豆子开花了呢。"

她这样嘟囔着，实在可怜，我忍不住泪眼婆娑。

"我看看，哎呀，真的呢。不久就能结出很多豆子喽。"

大门口旁边有块十坪①左右的田地，以前我在那里种过各种各样的蔬菜，但生了三个孩子之后就根本顾不上菜地了。丈夫也是，之前还时不时会帮我料理一下那块地，最近一点儿不管家里的事情，邻居家的地都是她家先生在种，拾掇得整整齐齐，各种蔬菜长得又多又好，我家的地里只有繁密茂盛的杂草，和人家的比起来真是凄惨又惭愧。

---

① 坪，日本传统计量面积的单位。1坪约合3.3平方米。

雅子把一粒定量配给的豆子埋在土里，浇上水，不承想竟冒出芽来，雅子没有玩具，什么也没有，对她来说那大豆就是唯一值得自豪的财产，去邻居家玩时也总毫不害羞地嚷嚷着"我家的豆子""我家的豆子"。

落魄。凄惨。不，在当今日本，并非只有我们才这样，住在东京这座城市里的人们尤其如此，无论怎么看都是些无精打采的落魄模样，极其费劲地在街上慢慢转悠。我们的东西全部被烧毁了，事事都觉得困顿窘迫，但是，和这些比起来，现在最让我难受的却是在这个被压迫的世间为人妻子这件事。

我丈夫曾在神田一家相当有名的杂志社工作了近十年。八年前和我平凡地相亲结婚。从那个时候起，东京可供租住的房子越来越少，我们最终在中央线①沿线的郊区找到了这座建在田野中的孤零零的小房子，之后一直住在这里，直到战争爆发。

丈夫因为身体羸弱，从而逃过了征兵和募工，每天安稳地去杂志社上班，但当战争变得激烈之后，因为我们居住的这个郊外小镇上有生产飞机的工厂，我家附近频频有炸弹落

---

① 中央线，日本的铁路路线，线路从东京站到名古屋站。

下。最终在某天夜里，一枚炸弹落在屋后竹林里，拜其所赐，厨房、厕所和那间三叠榻榻米大小的小屋被炸得惨不忍睹，一家四口（除了雅子，那会儿大儿子义太郎也已经出生）根本无法继续住在那严重毁损的房子里，于是我和两个孩子便逃到我的老家青森市去了，丈夫自己留在受损严重的房子里，在那个六叠榻榻米大小的房间里起居，照旧去杂志社上班。

然而，我们逃到青森市还不到四个月，青森市就遭到了空袭，整座城市几乎都被烧毁，我们万般辛苦带到青森市去的行李全部被烧，悲惨到只穿着身上的衣服、什么都没带就跑去得以幸存的朋友家，感觉就像梦到了地狱，惊慌失措地过了十天寄居生活。其间日本无条件投降了。

我心里念着丈夫所在的东京，拖着两个孩子，看上去就像乞丐一样再度回到东京，也没有别的房子能够搬进去住，就请工匠给粗略维修了一下受损严重的房屋，好歹又过上了以前那种只有一家四口在一起的日子，稍微要松口气时，丈夫的境遇却发生了变化。

那家杂志社受灾严重，再加上社里董事们因为资金出现纠纷，种种原因导致杂志社解散，丈夫瞬间成了失业人员。不过，他长年在杂志社供职，在那个领域认识很多熟人，于是就和其中几个有实力的人共同出资，重新做起了出版社，试着出版了两三个门类的书。可是,这项出版工作也因为纸张采购方式上的问题而严重亏损,丈夫也背上了很多债务。因为要善后,他每天精神恍惚地出门,傍晚回到家时已经累得精疲力竭,本来就是个不爱说话的人,从那时起更是板着脸一语不发,之后出版的亏空好歹算是平补过去了,自那以后他仿佛已经再没有力气去做任何工作,可他并没有一天到晚待在家里,他会呆呆地站在走廊里想些什么,一边吸着烟,一边看着遥远的地平线。我心里很不踏实地想,"啊,又开始了",就见他果真像想不开似的长长叹一口气,把吸了半截的香烟扔到院子里,从桌子抽屉里取出钱包揣进怀里,然后就像丢了魂儿似的,以听不见脚步声的走法悄悄从大门出去,当天晚上基本不会再回来。

　　他曾是一个温柔的好丈夫。酒量的话,也就能喝一合①日本酒,啤酒顶多喝一瓶。在吸烟这方面,政府配给的香烟数目就基本够了。结婚快十年了,却一次都没打过我,也没有用难听的话骂过我。只有一次,丈夫这边有客人过来,现在的雅子那时候大概三岁左右,她爬到客人那边去,把客人的茶碰洒了,丈夫好像是喊过我,但我正在厨房里哗啦哗啦

---

① 合,日本计量单位。在日本1合约等于180毫升。

地扇炭炉，没有听见，也就没应声。就是那个时候，丈夫一脸骇人的表情抱着雅子来到厨房，把雅子往地板上一放，用杀气腾腾的眼神瞪着我，呆呆地站了一会儿，什么话都没说，而后猛地转过身去，背对着我走向房间，砰的一声关上了房间的纸拉门，那声音实在太大且太尖锐，仿佛震彻入我的骨髓。男人真可怕，我吓得直哆嗦。丈夫对我发火的记忆的确就只有那一次。尽管因为这次战争，我也经历了这人世间的诸多痛苦，但即使如此，一想到丈夫的好脾气，我还是想说自己之前过得很幸福。

（可他变成了一个怪人。这究竟是从什么时候开始的呢？我从青森避难回来，时隔四个月再见到丈夫时，总觉得他的笑容有些低三下四，还像是在躲避我的视线，表现很是局促不安，我未作他想，只认为是困顿的单身生活让他十分憔悴而已，觉得很是心痛。可是，又或者在那四个月里……啊，不能再往下想了，再想下去只会愈加深深陷入到痛苦的泥沼之中。）

丈夫终归不会回来的，但我还是把他的被褥和雅子的并排着铺好，然后挂上蚊帐。我心里感到非常悲伤。

二

第二天快到中午时,我正在大门旁边的水井边给今年春天出生的二女儿俊子洗尿布,丈夫一副见不得人的样子,做贼似的偷偷摸摸回来,看到我在那里,突然默不作声低下头,脚底一个趔趄向前摔去,踉跄着走进了大门。他竟然会不由自主地向我这个做妻子的低头。啊!丈夫也很痛苦吧。这样一想,我心里也难过起来,根本无法继续洗衣服,起身跟在丈夫后面回到家里。

"很热吧?把衣服脱下来吧?今天早晨盂兰盆节的特别配给下来了,是两瓶啤酒呢。我给冰镇着了,现在喝吗?"

丈夫胆怯懦弱地笑了笑,沙哑地说:"那真是太好了。"

"我和你每人喝一瓶怎么样?"他甚至连这种一眼就能看穿的拙劣的客套话都说出了口。

"我陪你喝吧。"

我那去世的父亲喝酒是海量,可能是这个原因,我的酒量比丈夫还要好。刚结婚那会儿,和丈夫两个人在新宿散步,走进关东煮的店铺里去,一喝起酒来,丈夫马上就浑身通红,喝不下去了,而我却完全没事,只不过稍微有些耳鸣般的感觉而已。

在那间三叠榻榻米大小的房间里，孩子们吃着饭，丈夫光着上身，肩膀上搭着一条湿毛巾，我只陪着喝了一杯啤酒，后面觉得不能浪费就不喝了，抱着二女儿俊子给她喂奶，表面看来一派一家欢聚的和谐景象，但到底觉得不舒服，丈夫一直避开我的视线，我也不得不小心地挑选话题，避免碰到丈夫的痛处，无论如何都觉得聊得不尽兴。大女儿雅子和大儿子义太郎好像敏锐地察觉出父母的情绪上的拘束，两人都非常地乖巧，把馒头放进掺有人工甜味剂的红茶里泡着吃。

"白天喝酒，很容易醉呢。"

"啊！真的，你浑身通红了呢。"

这时，我一下子瞥见了。丈夫下颏底下趴着一只紫色的飞蛾，不，那不是飞蛾，刚结婚时，我也有过那样的经验，于是隐约瞥见那飞蛾形状的印痕时，我一下回过神来，与此同时丈夫好像也觉得我注意到了，慌忙抓起肩上的湿毛巾的一头，笨拙地遮住了那被人咬过的痕迹。显然，他从一开始就是为了掩盖那蛾状印痕才把湿毛巾搭在肩上的，可是我却硬是装作什么都没发觉的样子，非常努力地说："雅子也是，和爸爸在一起，馒头吃起来都很香呢。"

我半开玩笑地试探着，但不知怎么了，就连这听起来都像是对丈夫的嘲讽，反而莫名其妙地觉得很不舒服，我的痛苦也由此达到了顶点。正在这个时候，突然，邻居家的广播放起法国国歌来，丈夫支起耳朵听着，自言自语般说："啊，对了，今天是法国革命纪念日。"

他微微笑了笑，接着半是讲给雅子半是讲给我似的说："七月十四日，这一天啊，革命……"

话说到一半突然打住，我一看，丈夫撅着嘴，眼里闪着泪光，正强忍住不让自己哭出来。接着，他声音呜咽地说："民众呢，从四面八方揭竿而起，攻占巴士底的那座监狱，自那以后，法国那春日高楼起华宴的胜景就永远，是永远哟，永远地消失了。但是，必须要破坏，即使明明知道新秩序、新道德的重建永远不可能实现，也还是必须要去破坏，孙文去世前好像说过'革命尚未成功'这样的话，也许革命是永远都无法停止的，即便如此还是必须闹革命，革命的本质就是这样一种过程，那么悲哀，那么美丽，有人会问革命之后会变成怎样呢？是为了悲哀、美丽，还有爱……"

法国国歌还在继续播放着，丈夫说着说着哭起来，然后难为情地勉强笑了笑："这可真是，爸爸我像是个一醉就会哭的家伙呢。"说着，背过脸去站起来，走到厨房去边用水洗脸边说："实在是糟糕。醉过头了。竟然为法国革命哭了一场。我去睡会儿。"

他走进六叠榻榻米大小的房间,一切都戛然寂静下来,但他一定正在痛苦地暗自抽泣。

丈夫并不是因为革命才哭的。不,可是,又或者发生在法国的革命和出现在家庭中的恋情其实很相似。我很了解那种为了悲哀、美丽的东西,必须把法国的浪漫王朝与和睦的家庭都毁掉的痛苦,还有丈夫的这种痛苦,虽然我不是以前《情死天网岛》① 中那个一直爱着丈夫的阿三。

> 你当为妻的心里
>
> 是住着鬼吗?
>
> 啊!啊!啊!
>
> 还是住着蛇哪?②

这样的悲叹好像与革命思想和破坏思想都毫不相干,妻

---

① 《情死天网岛》,日本剧作家近松门左卫门(1653—1724)创作的净琉璃剧,后改编为歌舞伎剧。1720 年底首演。内容取材于该年在大阪网岛发生的纸商治兵卫与妓女小春的殉情事件。有妇之夫治兵卫与妓女小春相好,治兵卫的妻子阿三私下找到小春,求她与治兵卫一刀两断。之后小春被恶棍太兵卫逼得走投无路,阿三为小春考虑,让治兵卫去救小春。治兵卫的岳父勒令两人离婚,最终治兵卫与小春一起自杀殉情。

② 出自《情死天网岛》,阿三见丈夫治兵卫因为小春而躲在被炉中痛哭流涕,就以该句指责治兵卫不懂自己的真心,不珍惜夫妻情分。

子对这些思想避而不谈，于是她一个人被丢下不管，永远只能在同一个地方以同样的姿势寂寞地叹气，这究竟该怎么办呢？难道就只能听天由命，只能忍气吞声地祈求丈夫的爱能够回来吗？我都有三个孩子了。即便是为了孩子，在这个时候也不能和丈夫离婚。

连着两夜都住在外面之后，丈夫到底还是会回自己家睡一个晚上。吃完晚饭，丈夫和孩子们在走廊里玩，即使是对孩子们，他也低声下气地说着恭维话，笨拙地把今年出生的那个最小的女孩儿抱在手里，夸她说道："胖嘟嘟的呢，真是个小美女哟。"

我不禁随口说道："很可爱吧？看着孩子，自己也想长命百岁呢，对吧？"

听到这话，丈夫突然换了副奇怪表情。

"嗯。"他似乎痛苦地做出回应，惊得我猛然出了一身冷汗。

在家睡时，才八点左右，丈夫就会在那个六叠榻榻米大小的房间里把他自己和雅子的被褥铺好，挂起蚊帐，也不管雅子还想和自己再多玩一会儿，硬是让她脱掉衣服换上睡衣后躺下睡觉，他自己也就躺下休息，关掉电灯，如此而已。

我在隔壁那个四叠半榻榻米大小的房间里把大儿子和二

女儿哄睡,然后做针线活直到十一点左右,才挂起蚊帐,睡在大儿子和二女儿中间,三个人相拥睡成一个"小"字,而不是"川"字。

我睡不着。隔壁的丈夫好像也没有睡着,听到他叹气的声音,我也忍不住叹起气来,又想起了阿三那句哀叹的唱词:

> 你当为妻的心里
> 是住着鬼吗?
> 啊!啊!啊!
> 还是住着蛇哪?

这时丈夫起身来到我的房间,我的身体变得僵硬起来,丈夫问:"有没有安眠药?"

"有是有,我昨晚吃过。一点儿也不管用。"

"吃多了反而不管用。吃六片左右就正好。"听他声音像是不太高兴。

三

每天,每天,连着好多天都很热。因为热,再加上担心,我只觉得咽不下任何东西,脸颊骨日渐凸出来,连喂给婴儿的奶水都出得少了。丈夫也是没有任何食欲的样子，眼睛塌陷着，忽闪忽闪发出可怕的光芒，有时候还会像是在嘲笑自己般冷笑着说："干脆疯掉算了，那样更轻松。"

"我也那样觉得。"

"行得正的人，当不会痛苦。有一件事真真切切让我惊讶。为什么你们竟会这么认真、这么正经呢？有的人天生就能很好地在社会上生存下去，有的人则不能，从一开始就已经清清楚楚地划分好了，不是吗？"

"不，我这样的人其实是比较迟钝。只不过……"

"只不过？"

丈夫像是真的疯了似的，用奇怪的眼神盯着我的脸。话到嘴边我又憋了回去，啊！不能说，那种事具体说来太过可怕，什么都不能说。

"只不过呢，看你这么痛苦，我也很痛苦。"

"什么呀，好无聊。"丈夫像是放下心来，微笑着说道。

这时，我突然久违地体会到了凉爽的幸福感。（是的，只要能让丈夫放松下来，我的心情也会随之放松。道德什么的都无所谓，只要心情舒畅，那就足够了。）

那天夜里晚些时候，我钻到丈夫的蚊帐里去，对他说："好啦，好啦。我什么都没往心里去。"

躺下之后，丈夫用嘶哑的声音半开玩笑道："Excuse me！"他爬起来，盘腿坐在地板上。

"Don't mind！Don't mind！"①

夏天的月亮啊！那天夜里是满月，可月光穿过防雨窗破损处时变成了四五根细细的银线，径直照到蚊帐里面来，照在丈夫那裸露的瘦削胸膛上。

"可是，你最近真是瘦得厉害呢。"我也笑着半开玩笑似的说，并起身坐在地板上。

"你也是，好像瘦了好多呢。就是因为老瞎操心才会这样。"

"没有，我不是说过了嘛。什么都没往心里去。好啦，因为我是个聪明人。只不过，偶尔呢，你要好好待我嘛。"说着我就笑起来，丈夫也露出沐浴着月光的白色牙齿微笑着。

我老家的祖父母在我小时候就去世了，他们两口子经常吵架，每次奶奶都会对爷爷说"你要好好待我嘛"，我还是个孩子的时候就觉得有趣，结婚之后就把这事儿也告诉了丈夫，两个人大笑一场。

这时我说出那句话，丈夫同样又笑了，可是他马上换作

---

① 文中"Excuse me"表示惊讶。"Don't mind"意为"不要提了"或"不要在意了"。

严肃的表情说:"我是一直都想好好对你的。不想让你受风吹日晒,一直都想好好对你的。你的确是个好人。请你不要管那些无聊的事,好好带着你的尊严,定下心来过日子吧。我从来都是只想着你。关于这一点,不管你多么地自信都不为过,真的。"他极其郑重其事地说出了这些败兴的话,让我觉得非常难为情。

"可是,亲爱的,你变了。"我低下头小声说道。

(对我来说,倒不如不被你想着,倒不如被你讨厌、憎恶的好,那样心里反而痛快,反而能放松下来。一边这么地在意我,一边却又紧紧抱住别人,你这副样子等于把我推进了地狱。

是不是误以为男人整日想着妻子才是合乎道德?即使另外有了喜欢的人,也不能忘记自己的妻子,这才是对的,是合乎良心的,男人自始至终都必须得如此,难道不是这样认为的吗?结果,爱上其他人之后,就在妻子面前郁闷地直叹气,开始表现道德上的烦恼,致使妻子也被她丈夫那抑郁的情绪所感染,自己也唉声叹气的。假如丈夫满不在乎且轻快地对待,那妻子也犯不着如地狱般痛苦即可了事。如果爱的是别人,就请彻底把妻子忘掉,只管简简单单、一心一意去爱就好。)

丈夫无力地笑了笑说:"变了吗?根本没变。只不过这阵子实在太热了。热得人受不了。夏天实在是太……Excuse me。①"

看他不接这茬儿,我也略微笑着说:"可恶的家伙。"

我装作要打丈夫的样子,嗖地从蚊帐里钻出来,跑进我房间的蚊帐里,在大儿子和二女儿中间躺下,三人组成一个"小"字的形状。

然而,即使只是这样,只要能对丈夫撒撒娇,和他聊天谈笑,我还是很开心,好像心里的疙瘩也多少消解了一些。那天夜里竟没有胡思乱想而睡不着,很难得地迷迷糊糊睡到了早晨。

此后,所有事都按这种做法,轻松地对丈夫撒撒娇,开开玩笑,不管是欺骗还是别的什么都无所谓,态度不正确也无所谓,我不在乎那些道德什么的,哪怕只是一点儿,哪怕只有一会儿,我也要轻松愉快地过,一个小时也好两个小时也罢,只要开心就可以,我这样改变了想法,会和丈夫闹着玩儿,家里也每每会响起朗朗笑声,可没过几天,某个早晨丈夫突然提出说想去泡温泉。

---

① 此处"Excuse me"表示令人惊讶,情节对应前文。

"头疼得厉害,估计是太热的缘故。信州①的那个温泉不错,而且在那附近还有熟人,他说随时欢迎我过去,还说我无须费心自带口粮。我想去静养上两三周。一直这样的话,我就要疯了。总之,我很想逃离东京。"

我忽然想到,他是想要从那个人身边逃开才去旅行的吧。

"你不在家这段时间,要是持枪的强盗进来了可怎么办?"

我一边笑着(啊,悲伤的人们经常会笑),一边这么说道。

听到这话,丈夫答道:"和强盗直接说就好啦,就说我的丈夫可是个疯子哦。持枪的强盗估计也敌不过疯子吧。"

由于没有理由反对丈夫去旅行,于是我打开壁橱想把他出门时穿的麻布夏装拿出来,可是我四处找了个遍,却没有找到。

我气急败坏地说:"没有。怎么回事儿?不会是家里没人时进小偷了吧?"

"我给卖了。"丈夫像是要哭似的挤出一副笑脸说。

我大吃一惊,但还是强作镇定地说:"哎呀,真麻利。"

---

① 信州,日本旧地名信浓国的别名,相当于现在的长野县。

"那可是比持枪的强盗还厉害呢。"一定是因为那个女人，私下里需要用钱，我想。

"那你穿什么呢？"

"一件翻领衬衣就够了。"

早晨才提出来，中午就要动身。看那样子是想尽快离家外出，越快越好。可是，东京连日酷暑，难得那天竟下起了骤雨，丈夫背着背包，穿着鞋子坐在大门口的地板上，皱着眉头，一脸烦躁地等着雨停，突然嘟囔了一句："这棵紫薇是隔年开一次花吗？"

门前的紫薇今年没有开花。

"可能是吧。"我也心不在焉地答道。

这就是我和丈夫夫妻二人之间最后一次亲密的对话。

雨停了，丈夫像逃跑似的匆匆忙忙出门去，三天之后报纸上简短地登出了那则诹访湖①殉情的报道。

随后我收到了丈夫的信，是从诹访的旅馆那里寄出来的：

我和这个女人一起去死，并不是因为恋情。我是一个新闻记者，新闻记者会撺掇别人去闹革命或是搞破坏，

---

① 诹访湖，位于日本长野县中央地区的诹访盆地中，断层湖。

而自己却总是转身拔腿跑开，只会擦着汗暗自庆幸，实在是一种奇怪的生物。它是现代的恶魔。我再也难以忍受这种自我厌恶，决意自行爬上革命家的十字架。新闻记者的丑闻，这难道不是一个没有先例的事件吗？如果自己的死能够让现代的恶魔多少有些惭愧，能够让他们有所反省，我会很高兴。

那封信里写的就是这样一些实属无聊的蠢话。男人，即便死到临头都还在煞有介事地纠结所谓意义什么的，矫揉造作且满口谎言，必须得这样吗？

从丈夫的朋友那里了解到，那个女人是丈夫以前工作地——神田那家杂志社的女记者，二十八岁。我疏散到青森那段时间，她好像来这个家里住过，还有怀孕什么的，就是些此类的事而已，却大声嚷嚷什么革命，然后就这么自杀，我愈加深切地觉得丈夫就是个窝囊废。

发动革命的目的是为了让人活得开心。那些一脸悲壮的革命家，我是不会相信的。丈夫为什么就不能更加公开、快乐地去爱那个女人呢？那样的话就连我这个妻子也会快乐起来。地狱般的恋情不仅让当事人格外痛苦，最重要的是还给别人添了麻烦。

可以轻松、快速地转变自己的心意，这才是真正的革命。如果能做到这一点，也就没有任何不好解决的难题了。甚至连改变自己对妻子的想法这件事都做不到，这革命的十字架也实在太骇人，我带着三个孩子去领取丈夫的尸骨，坐在开往诹访的火车上，比起悲伤、愤怒这些情绪来，他那着实惊人的愚蠢更让我感到痛苦不安。

招待夫人

太太本来就喜欢各方面地关照客人，属于好客的那类人。不，不对，在我看来，太太这个人，与其说是好客，不如说是惧怕客人更为合适。

大门口的铃一响，我出去应门，然后当我去太太屋里报告来客的姓名时，太太早已如同惊弓之鸟一样，脸上的表情异常紧张。她拢一拢耳旁的短发，正一正衣领，再也坐不稳，还没等我说完就起身穿过走廊，一路小跑到大门口去，扯着嗓门发出一种既像哭又像笑的哨声般奇怪的声音来迎接客人，然后像精神错乱的人那样变了眼神，在客厅和厨房之间狂奔，一会儿碰翻了炒锅，一会儿又打碎了盘子，"对不起，对不起"，一个劲儿向我这个女佣道歉。当客人回去之后，她就一个人精疲力竭地侧身坐在客厅里，呆呆地一动不动，不收拾也不做任何事，有时候甚至还眼泪汪汪的。

这家的男主人是本乡那边大学里的老师，据说他父母家很有钱，而且太太的娘家还是福岛县很有势力的富农，再加上他们又没有孩子，所以夫妇都似没吃过什么苦的孩子一样，颇为逍遥自在。我到这家来帮佣时，正是四年前战争打得最激烈的时候，那之后过了半年左右，男主人突然被征入伍，本来他身子骨很弱，不过是个第二国民兵①，但运气太差，竟然立刻被分派到了南洋的岛上去。不久之后战争结束，但他却一直下落不明。当时的部队队长曾给太太寄来一张明信片，简单表达了"或许您必须得死心啦"这样的意思。自此以后，太太愈加狂热地招待起客人，那可怜的样子让人实在看不下去。

即便如此，那个笹岛老师在这个家里出现之前，太太交

---

① 日本旧兵役法规定兵役种类分为常备兵役、后备兵役、补充兵役和国民兵役，其中国民兵役又分为第一国民兵役和第二国民兵役。没有服常备兵役、后备兵役、补充兵役及第一国民兵役，且年龄在17岁到45岁之间的人需要服第二国民兵役。

际的范围仅限于男主人的亲戚和太太的家里人。在男主人去南洋岛屿之后，太太的娘家会寄来充足的生活费，生计方面还比较宽裕，一直平静地过着那种高质量的生活，但是，自从那个什么笹岛老师现身之后，一切都变得一团糟。

虽然这块地方属于东京郊外，但是离市中心相对较近，而且有幸未受到战争的影响，于是市中心那些遭到空袭的难民们就如洪水一般涌到这边，感觉就连走在商业街上时碰到的那些人都已经全部彻底变了样。

应该是去年年底，太太在市场上遇到了据说已十年未见的男主人的朋友笹岛老师，并邀请他到家里来，好日子到这里就到头了。

笹岛老师和这家的男主人都是四十岁左右，据说也是在男主人之前任教的本乡那所大学里做老师，不过，男主人是文学士，笹岛老师却是医学士，好像两个人初中时是同学。再就是这家的男主人在建造现在这座房子之前，曾经和太太在驹达那边的公寓里小住过一段时间，那时候笹岛老师独身一人住在同一座公寓里，于是他们曾有过极为短暂的密切往来。自从男主人搬来这边之后，可能是因为两人的研究领域毕竟不一样，相互之间竟没有拜访过，再无任何交往。

自那以后十几年过去了，他偶然在这条街的市场里认出了我家的太太,就打了声招呼。太太也真是的,被人叫住之后稍微客套几句告别就好了,可千不该万不该是她那天生的招待癖又犯了,"我家就在这附近,哎呀,方便的话,请一定去坐坐吧",明明心里不想留住客人,明明害怕来客人,却反而头脑发热般做出拼命挽留别人的样子,于是笹岛老师穿着日式呢绒大衣,挎着购物篮,以这样一副奇怪的装扮出现在了这个家里。

"哎呀!这房子实在是漂亮。竟然能躲过战争的灾难,真是好运气。没有人同住对吧?那可就太奢侈啦。不,本来嘛,家里只有女人,还打扫得这么干净彻底,对这样的情况不太方便提同住的事。即使让人来同住,也会很拘束的吧?不过,太太您住得这么近,我还真没想到。倒是听说您家是在M町,人嘛,真是越到了重要的事情上就越会犯糊涂,我流落到这里来已经快一年了,完全没有注意到您家的门牌。我经常从您家门前经过,去市场买东西时一定会走这条路。这次战争也让我吃尽了苦头,结婚不久就被征召入伍,终于回来了,却发现房子被烧得干干净净,我太太在我不在家时带着刚出生的儿子逃到千叶县的娘家避难,即便我想把他们叫回东京,也没有房子住,现状就是这样,不得已,我只好一个人在那边杂货店后面租了个三叠榻榻米大小的房间,自已做饭生活。今天晚上想做个鸡肉火锅,并且不管不顾地喝上一番,于是拎着这个购物篮正在市场转悠,我也豁出去了,都已经这个样子了。就连我自己都已经搞不清楚这是活着,还是已经死了。"他盘腿坐在客厅里,一个劲儿地自说自话。

"真是可怜。"太太说,她那冲动的招待癖又犯了,变了眼神,一路小跑来到厨房。

"小梅,对不起。"她跟我道歉,吩咐我去准备鸡肉火锅和酒,然后转身又飞奔到客厅去,转眼间又跑回厨房里,嘱咐我快快生火、端茶具出来,说着这些每次都会说的事情,可她那兴奋、紧张、手忙脚乱的样子却已非可怜所能形容,甚至到了让人反感的程度。

笹岛老师也很是厚颜无耻,他大声地说:"哎呀,要做鸡肉火锅吗?不好意思啊!太太,我吃鸡肉火锅时是一定要放蒟蒻丝的,拜托您了,如果顺便能有烤豆腐的话就更好了,只有大葱的话,会让我不习惯。"

太太连话都没有全部听完,就急急忙忙跑到厨房来说:"小梅,对不起。"她非常难为情地拜托我,表情像是个正在哭泣的婴儿。

笹岛先生又说用酒盅喝酒不过瘾,改用大杯咕嘟咕嘟地猛喝起来,说道:"对了,您先生最终也是生死未卜吧?哎呀，那十有八九是战死了。没办法，太太，不幸的人并不是只有你一个呀。"

这样简单地带过之后，"我呢，太太……"接着，又说起他自己的事情。

"没有房子住，和最心爱的妻子两地分居，所有家具物什都被烧掉了，衣服也烧了，被子也烧了，蚊帐也烧了，现在是一无所有了。我啊！太太，租那家杂货店后面的房间之前，我可一直都是睡在大学医院走廊下面的。医生过得竟然比患者还要凄惨。真想索性去当个病患者。啊！实在是没劲。太惨了。太太，你啊，真算幸运的了。"

"对，是的。"太太赶忙应道，"我也那样觉得。和大家比起来，我实在是太过幸福了。"

"就是的呀，就是的呀。下次我带我朋友一起来。哎呀，他们都是些不幸的伙伴呢。没有办法，只好多多拜托您啦。"

太太干脆呵呵地笑起来，很开心似的说："那可真是……"

然后她又沉静地说道："深感荣幸。"

从那天开始，我们的家被搞得乱七八糟、一塌糊涂。

那不是喝醉了随便说的玩笑话，四五天之后，嘿，他还真就厚颜无耻地带了三个朋友过来，嚷嚷道："今天医院举行忘年会,今晚要在府上接着欢聚,太太,从现在开始喝个通宵吧!这阵子,我都找不到可以接着聚会的合适的房子,真是难办。喂,诸位,在这里完全不需要客气,快进来,快进来,这边是客厅,穿着外套别脱啦,冷得不得了。"

那架势完全像是在他自己家一样,他那几个朋友中有一个女的,看上去像是护士,两个人在人前也毫不顾忌地调情,太太早已吓得战战兢兢,勉强赔笑,他却完全把太太当成用人一般随意使唤。

"太太,不好意思,请往这被炉里加点火。还有,麻烦像上次那样给张罗些酒来。要是没有日本酒,烧酒或是威士忌也都可以的。再就是吃的东西,啊!对了对了,太太,今天晚上我带了很不错的礼物过来,来吃吧,是烤鳗鱼。天冷的时候吃这个最棒啦。一串给太太,一串给我们自己,就这么定了,好吧?还有,喂,不是有人带了苹果吗?别舍不得,拿给太太吧,那个叫'印度苹果',最香了,特别好吃。"

我端着茶到客厅去,不知从谁的口袋里滚出一个小苹果,滚到我脚边停住了,我恨不得把那个苹果一脚踢开。只有一个。就这还觍着脸吹牛皮说带了礼物啥的,还有那鳗鱼,后来我一看,很薄很薄的一片,已经半干,简直就是鳗鱼干,真是寒碜。

那天夜里一直闹到快天亮，太太也被逼着喝了酒，直到黎明时分东边渐渐泛白时，一群人这才把被炉围在正中间，挤在一起睡着了，太太也被要求加入到他们的混睡队伍中，她肯定一点儿也没睡着，那些家伙却呼噜呼噜一直睡到中午，睁开眼之后吃了茶泡饭，估计那会儿也已经醒酒了，到底有些垂头丧气的，尤其是我怒气冲冲地对他们毫不留情，所以看到我时，他们全都转过脸去，然后精神萎靡，散发出腐鱼般的气息，一个接一个地回去了。

"太太，您为什么要和那样一群人挤在一块儿睡觉？我非常厌恶那种没规矩且不检点的行为。"

"不好意思啊。我实在说不出'不行'这两个字。"

她因为睡眠不足而累坏了，脸色煞白，眼里直要涌出泪水，听她这样说，我也不好再说什么。

这之后，狼群的袭击愈演愈烈，这个家几乎成了笹岛老师那伙人的宿舍，笹岛老师不来的时候，笹岛老师的朋友也会过来住下，每次太太都被喊着和他们一块儿挤着睡，太太自己根本睡不着，本来身体就不怎么好，这样一来，折腾得她在不来客人的时候就总是在休息。

"太太，您瘦了很多呢。和那些客人的应酬还是就此打住吧。"

"不好意思啊。我做不到的。大家都是些不幸的人，不是吗？到我家里来玩，对他们来说是仅有的一件乐事了吧。"

真傻！现在太太在财产方面都不怎么宽裕，照这样下去，不出半年就得沦落到必须卖房子的境地，可她丝毫未对客人表露出半分不安，而且她的身体也的确被折腾得吃不消了。即便如此，每当客人一来时，她还是立刻就从床上跳起来，赶紧打扮整齐，小跑着到大门口去，发出一种既像哭又像笑的欢呼声来迎接客人。

那件事情发生在初春的晚上。又来了一对喝醉酒的客人，我就建议太太说："看起来总又得闹个通宵，趁这会儿咱们自己赶紧先填饱肚子为好。"我们就在厨房里站着吃馒头。太太会拿出很多美食招待客人，可是她自己独自吃饭时却经常用馒头来解决。

这时客厅里响起醉汉客人粗野的哄笑声，接着听到有人说：

"不，不，不是那样的。我都看到了，你们的关系确实很可疑。你就连那个太太也……"用医学术语说了些不堪入耳的脏话。

接着，听声音像是年轻的今井医生，他回答说："说的什么话。我可不是因为爱情到这里来玩的。这里不过就是个旅馆。"

我满心怒火地抬起头来。

太太正在昏暗的电灯下低头默默吃着馒头，那一刻她的眼里分明已经泪光闪闪。我实在于心不忍，说不出话来，只听太太低着头安静地说：

"小梅，对不起，明天早晨还得请你把洗澡水烧好。今井医生喜欢早晨泡澡的。"

只有那个时候太太才在我面前表现出了懊恼的样子，过后就像什么都没发生过一样，陪着客人高声大笑，又在客厅和厨房之间狂奔起来。

虽然我知道太太的身体每况愈下，可是她在面对客人时却未露出半分疲劳之态，所以尽管客人们都是些了不起的医生，却好像没有一个人发现太太身体不好。

一个宁静的春日的早晨，幸而那天早晨一个留宿的客人都没有，我正在井边慢悠悠地洗衣服，太太突然光着脚摇摇晃晃就跑到院子里，然后在开满棠棣花的篱笆墙那里蹲下，咯出许多血。我大声叫着从井边跑过去，从后面抱起太太，扛着她回到屋里，让她平静地躺下，我这才哭着向太太说："所以嘛，我就是因为这个才特别讨厌那些客人的。都这样了，那些客人们都是医生，要是他们不把您的身子给恢复成原样,我绝对不答应。"

"不行呀,这样的话可不能和客人们说。他们会觉得有责任,会难受的。"

"可是,您的身体都这样了,太太,今后您是怎么打算的?还要硬撑着起来招待客人吗?要是和他们挤在一起睡的时候吐血,那可就丢人啦。"

太太闭着眼睛想了一会儿说:"我回娘家一趟。小梅你留下来看家,有客人来的话就招呼他们住下。那几位都没有一个能够好好休息的家。还有,不要让他们知道我生病的事。"

说完,太太温和地微微笑着。

趁着客人们没来,当天我就开始收拾行李,我觉得该陪着太太,先把她送到福岛的娘家,于是买了两张票,第三天太太精神也好多了,幸好没来客人,我就像逃跑似的催着太太,关上防雨窗,锁好门,走出大门口。

我的天哪!

笹岛老师大白天就已喝得醉醺醺的,带着两个像是护士的年轻女人。

"呀,这是要出门吗?"

"没事儿,不要紧的。小梅,对不起,打开客厅的防雨窗吧。老师，请进。不要紧的。"

太太发出那种既像哭又像笑的奇怪声音，向那两个年轻的女人也打过招呼，就又像团团转的小白鼠那样开始狂奔着招待客人，我被派出去跑腿，太太慌忙之间把她出行用的手提包充作钱包递给了我，当我在市场里打开手提包想拿钱出来时，惊讶地发现太太的票被撕成了两半，这一定是在大门口遇到笹岛老师时，太太立刻就悄悄把票给撕了，想到这里，太太那深不见底的善良真是让我目瞪口呆，同时也让我有生以来第一次认识到，人有着与其他动物完全不同的某种可贵之处。

我从腰带中间掏出自己的票，悄悄撕成两半，然后继续在市场里转悠着采购，想再从这个市场买些更好吃的东西回去招待人家。

附录　太宰治年谱

明治 42 年（1909 年）诞生

6月19日，出生于青森县北津轻郡金木村（现青森县五所川原市）的地主家庭，户籍上登记的名字为津岛修治。

在父亲源右卫门的十一名子女中排行第十，在男孩中排行第六，但其中两名兄长已夭折。

因母亲夕子体弱多病，出生后不多久便交由姨母抚养。

父亲源右卫门实际上是津岛家的入赘女婿，此时姨母亦与一家人生活在一处。

明治 43 年（1911 年）2 岁

白天由家中女佣照料，晚上在姨母的房间听着故事入眠。此种生活一直持续到 6 岁。

明治 43 年（1912 年）3 岁

父亲源右卫门当选众议院议员。津岛家迎来鼎盛期。

大正 5 年（1916 年）7 岁

1 月，姨母一家离开本家，自立门户。

一度跟随姨母前往外地，终因入学问题而回到本家。4 月，进入金木第一寻常小学就读。成绩优异。

大正 11 年（1922 年）13 岁

3 月，以全甲等的优异成绩从金木第一寻常小学毕业。不过，津岛家子弟不问实际成绩如何，一概可以得到甲等。

4 月，进入明治高等小学进行为期一年的学习，为升入初中做准备。此举是父亲源右卫门授意，原因是担心升入初中后无法跟上进度；两名兄长此前便因初中成绩不佳而中途退学。

大正 12 年（1923 年）14 岁

3 月，父亲源右卫门因肺癌于东京去世。享年 52 岁。

进入县立青森中学就读，为方便走读，借住在居于青森市内的远亲家中。

暑假，在兄长从东京带回的杂志中读到井伏鳟二的处女作《幽闭》，一读之下"兴奋不已，坐立难安"。

大正 14 年（1925 年）16 岁

3 月，在校友会刊上发表习作《最后的太阁》。从此对作家生涯怀有强烈的憧憬，嗜读芥川龙之介、菊池宽等人的作品。

8 月，与同学创办同人杂志《星座》并发表戏剧作品。《星座》只办一期便宣告停刊。

11 月，与文学同道一并创办同人杂志《蜃气楼》，发表一系列小说、戏剧、散文作品。

大正 15 年/昭和元年（1926 年）17 岁

在《蜃气楼》发表大量作品。

在兄长的建议下，创办同人杂志《青子》（青んぼ），该名称由"赤子"（赤んぼ）一词转化而来。

陷入对家中女佣的单相思中，苦恼不已。

昭和二年（1927年）18岁

《蜃气楼》持续十二期后停刊。

在四年级时，以优异成绩从青森中学毕业。当时中学学制为五年。

进入官立弘前高中（现弘前大学）文科甲类就读。由于体弱，不住学生宿舍，而在弘前市的亲戚家借住。

5月，在青森市聆听芥川龙之介以《夏目漱石》为题的演讲。

7月，芥川自杀。深受打击，遂对学业懈怠，开始接触花柳界人物。

秋，结识青森市艺伎小山初代。

昭和三年（1928年）19岁

学业成绩急剧下降。

5月，创办同人杂志《细胞文艺》。该刊至9月停刊，其间得到过井伏鳟二、舟桥圣一等人的来稿。

思想上开始左倾。

昭和四年（1929年）20岁

在《弘高新闻》等同人杂志上发表作品，思想日益左倾。
与小山初代交往日益密切。

12月10日，在借宿住所服用安眠药自杀未遂（第一次自杀未遂）。救治恢复后随母亲前往大鳄温泉静养。关于自杀动机，一般认为是左倾意识与地主出身所形成的矛盾所致。太宰在《苦恼年鉴》中如此追述道：

若无断头台，则革命毫无意义。然而，我却不是贱民，反倒属于该上断头台的那一方。那时我是个19岁的高中生，全班只有我穿着鲜艳华美的衣服。我便越发觉得除却寻死再无他途了。

昭和五年（1930年）21岁

3月，以中等成绩从弘前高中毕业。

4月，进入东京帝国大学法文科就读。

5月，受高中时代学长的影响，参加支援日本共产党的活动。

6月，与倾慕已久的井伏鳟二会面，此后以井伏为师。

10月，帮助艺伎小山初代离开青森，来到东京。两人意欲结婚，作为一家之主的兄长津岛文治劝阻无果，以分家除籍为条件答应婚事，但两人最终并未正式登记。

11月，在初代返回青森处理婚事之际，与相识不久的咖啡店女服务员田部目津子相约共服安眠药自杀，未遂，目津子死亡（第二次自杀未遂）。以协助自杀罪名遭检察机关起诉，终因兄长四处奔走，起诉被撤销。

以不再参与左翼运动、引发事端等为条件，每月从兄长处领取120日元的生活补助。

昭和六年（1931年）22岁

2月，与未登记的妻子小山初代在东京开始新婚生活。

继续参加援助日本共产党的政治活动。

昭和七年（1932年）23岁

频繁搬家。

开始创作《回忆》。

在兄长断绝生活来源的威胁下，先后两次前往青森警察署、青森检察院自首，从此彻底脱离左翼运动。

昭和八年（1933年）24岁

在青森地方报刊《Sunday东奥》的征文活动中发表短篇

作品《列车》，并获得 5 日元奖金。首次使用笔名"太宰治"。

参加同人杂志《海豹》，发表《鱼服记》，并连载《回忆》。

12 月，预计次年无法毕业，向兄长恳求延长生活费补助期限。

昭和九年（1934 年）25 岁

与檀一雄等人创办同人杂志《青花》。只发行创刊号一期便停刊。

昭和十年（1935 年）26 岁

2 月，在《文艺》上发表《逆行》。是为首次在非同人杂志上发表的作品。

3 月，大学毕业无望，前往《都新闻》求职失败。独自一人前往镰仓，准备在山中自缢，以未遂告终（第三次自杀未遂）。

4 月，因急性盲肠炎并发腹膜炎接受手术，住院期间使用镇痛剂，却造成药物依赖。

8 月，《逆行》成为第一届芥川奖的候补作品，最终屈居次席未能获奖。

9月，因未能缴纳学费，遭东京帝国大学开除。

10月，读到芥川奖评委川端康成对自己作品的评语，大感震怒，遂于《文艺通信》撰文反唇相讥。

拜同样是芥川奖评委的佐藤春夫为师。

昭和十一年（1936年）27岁

2月，为治疗药物依赖而短暂住院。

6月，由砂子屋书房出版短篇集《晚年》。

第三届芥川奖（第二届由于"二二六"事件未选出获奖者）评审前，向曾经发生争执的川端康成寄送《晚年》并毛遂自荐。然而芥川奖从第三届开始加入新规定，曾经入选候补的作者不能再次入选。

10月，再次住院治疗药物依赖。于《新潮》发表《创世纪》。住院期间，初代与人有染。

11月，药物依赖治愈并出院。

昭和十二年（1937年）28岁

1月，于《改造》发表《二十世纪旗手》。

3月，初代偷情之事败露。与初代前往谷川岳，试图服用安眠药自杀，以未遂告终（第四次自杀未遂）。

4月，于《新潮》发表 HUMAN LOST。

6月，与初代分手。此后一年左右极少创作。

昭和十三年（1938年）29岁

7月，井伏鳟二介绍婚事。

9月，随井伏前往甲府市与相亲对象石原美知子见面。

10月，于《新潮》发表《姥舍》。

昭和十四年（1939年）30岁

1月，经井伏夫妻做媒，与石原美知子正式结婚。进入创作稳定时期。

2月，于《文体》发表《富岳百景》。

3月，于《国民新闻》发表《黄金风景》。

4月，于《文学界》发表《女学生》。

6月，于《若草》发表《叶樱与魔笛》。

7月，由砂子屋书房出版短篇集《女学生》。

10月，于《文学者》发表《蓄犬谈》。

11月，于《文学界》发表《皮肤与心》。

昭和十五年（1940 年）31 岁

1 月，于《新潮》发表《俗天使》。于《知性》发表《鸥》。于《文艺日本》发表《春日盗贼》。

2 月，于《中央公论》发表《越级申诉》。

5 月，于《新潮》发表《奔跑吧，梅洛斯》。

6 月，由人文书院出版《回忆》。由河出书房出版《女子决斗》。

11 月，于《新潮》发表《蝈蝈儿》。

《女学生》获第四届北村透谷奖副奖。

昭和十六年（1941 年）32 岁

1 月，于《文学界》发表《东京八景》。于《公论》发表《佐渡》。于《新潮》发表《清贫谈》。

6 月，长女园子诞生。

7 月，长篇小说《新哈姆雷特》由文艺春秋社出版。

9 月，与后来为《斜阳》提供创作素材的太田静子相识。

11 月，收到征兵令，但因肺部疾病免于入伍。

昭和十七年（1942 年）33 岁

5 月，于《水仙》发表《改造》。短篇集《老海德堡》

由竹村书房出版。

6月,由锦城出版社出版《正义与微笑》。

12月,母亲去世,享年69岁。

昭和十八年(1943年)34岁

1月,于《现代文学》发表《禁酒之心》。于《新潮》发表《故乡》。于《文学界》发表《黄村先生言行录》。短篇集《富岳百景》由新潮社出版。

9月,由锦城出版社出版《右大臣实朝》。

昭和十九年(1944年)35岁

1月,于《改造》发表《佳日》。

着手鲁迅研究。

7月,小山初代于中国青岛病逝,享年32岁。

8月,长子正树诞生。

12月,为调查鲁迅研究相关资料前往仙台。

昭和二十年(1945年)36岁

3月,由于东京遭到盟军空袭,前往妻子娘家所在的甲府市避难。

6月,《御伽草纸》完成。

7月,妻子娘家亦毁于战火,携妻回到津轻旧宅。

9月,由朝日新闻社出版《惜别》。

10月,于仙台《河北新报》连载《潘多拉之盒》。《御伽草纸》由筑摩书房出版。

昭和二十一年（1946年）37岁

3月,出席金木文化会启动仪式,发表题为《文化竟是何物》的贺词。

6月,长子正树罹患急性肺炎。于《新文艺》发表《苦恼年鉴》。《潘多拉之盒》由河北新报社出版。

11月,回到东京,与坂口安吾、织田作之助等出席座谈会"纵谈'现代小说'"。

12月,于《改造》发表《男女同权》。

昭和二十二年（1947年）38岁

1月,于《中央公论》发表《圣诞快乐》。织田作之助因肺结核去世。参加守夜活动。于《东京新闻》发表《织田君之死》。《猿面冠者》由镰仓文库出版。

2月,与太田静子重逢,并借阅太田之日记。开始创作

《斜阳》。

3月，与后来同太宰共同赴死的山崎富荣相识。次女里子诞生。

7月，开始于《新潮》连载《斜阳》。

9月，与山崎富荣同游热海。

11月，太田静子产下一女治子。

12月，《斜阳》由新潮社出版，一跃成为畅销书。

昭和二十三年（1948年）39岁

1月，肺结核加重，不时咳血。

3月，于《新潮》连载《如是我闻》。开始创作《人间失格》。

5月，于《新潮》发表《樱桃》。《人间失格》完成。于《朝日新闻》开始连载小说《再见》。

6月，于《展望》开始连载《人间失格》。

13日深夜，与情人山崎富荣一同投水自杀。

19日，尸体被发现。

21日，举行葬礼。丰岛与志雄、井伏鳟二主持。

7月，下葬。《人间失格》由筑摩书房出版。《再见》未完成。

图书在版编目（CIP）数据

女生徒／（日）太宰治著；郭晓丽译. —杭州：浙江文艺出版社，2020.8
 ISBN 978-7-5339-6167-1

Ⅰ.①女… Ⅱ.①太… ②郭… Ⅲ.①短篇小说—小说集—日本—现代 Ⅳ.①I313.45

中国版本图书馆 CIP 数据核字（2020）第 127693 号

策　　划：邵　劼
责任编辑：邵　劼
营销编辑：张恩惠
封面设计：人马艺术设计·储平
责任印制：吴春娟

女生徒

［日］太宰治　著
郭晓丽　译

浙江文艺出版社　出版发行

地址：杭州市体育场路 347 号　邮编：310006
网址：www.zjwycbs.cn
经销：浙江省新华书店集团有限公司
印刷：浙江新华数码印务有限公司
开本：850 毫米×1168 毫米　1/32
字数：140 千字
印张：8
插页：6
版次：2020 年 8 月第 1 版
印次：2020 年 8 月第 1 次印刷
书号：ISBN 978-7-5339-6167-1
定价：49.00 元

版权所有　侵权必究
（如有印、装质量问题，请寄承印单位调换）